Présence de Virgile

Robert Brasillach

Présence de Virgile

Robert Brasillach

Image de couverture :
Virgile lisant son Enéïde devant Octave, Jean-Bruno Gassies, 1814.

© 2021, AOJB

Edition : BoD – Books on Demand,

12/14 rond-point des Champs-Elysées,

75008 Paris.

Impression : BoD - Books on Demand, Norderstedt, Allemagne

ISBN : 978-2-3222-7463-5

Dépôt légal : janvier 2021

PREMIERE PARTIE :

JEUNESSE DE VIRGILE

Enfances

Il restait peu de souvenirs de sa jeunesse : certaines images seulement, déformées comme des légendes, et puis de grands trous qui ne l'inquiétaient pas.

Il était né, un quinze octobre, dans un petit village de la plaine du Pô, non loin de Mantoue. Ses parents y possédaient un bien... Mais ces souvenirs-là sont des choses qu'on ne peut pas raconter. Le charme des souvenirs d'enfance est sans doute dans cette faculté d'étirer, d'étendre en tous sens, espace et temps, une journée de soleil, une aventure. Plus qu'une autre, cette partie de notre vie est formée non pas de moments et de gestes successifs, mais de halos et de clartés mêlés. Aussi est-ce une chose décevante et un peu stupéfiante, pour celui qui croit que la vie est fragmentée et racontable, que de considérer cette période. On croyait bien, pourtant, que dix ans, douze ans, représentaient des faits, peu nombreux, mais nets, car on a bonne mémoire. Et pourtant, ce n'est qu'une atmosphère incroyable, formée par alluvions, où se sont déposés les récits familiaux, un rêve étrange et déchiré, un paysage inconnu avec des odeurs résineuses et des buissons plats, les vrais et maigres souvenirs, et les souvenirs beaucoup plus beaux dont nous ne nous souvenons pas.

C'est pourquoi, quand nous disons « notre enfance », « mon enfance », nous pouvons, du premier coup de pensée, sans chercher à analyser, savoir ce que c'est, mais ne cherchons pas à préciser, ne cherchons pas à le dire aux autres. Bien sûr, si nous disions tout uniment « ma vie », « notre vie », les autres non plus

Partie I – Jeunesse de Virgile : Enfances

ne sauraient pas ce que c'est, mais nous pourrions leur faire croire qu'ils savent, car il y a des choses à dire. Il n'y a pas de choses à dire sur notre enfance. Pour lui, comme pour d'autres, l'enfance était donc cette succession indicible de colorations où il n'y avait presque rien de précis. Il revoyait sans peine le fleuve vert de mer naître du lac de Garde, et venir, large et sinueux, baigner le domaine paternel. C'était une plaine, quelques hauteurs où se couchait le soleil d'été, et le bord uni de la rivière avec ses marécages et ses roseaux. Car il connaissait tout le pays, et Mantoue la verte, au bord de ses eaux, où il accompagnait parfois son père, lorsqu'il portait à la ville ses fromages durs et son miel. Le bien familial existait toujours, serré dans ses ceintures d'eaux, entre le Mincio et un ruisseau qui s'y jetait. Il n'était pas très vaste, mais gras et ordonné. Il venait de son grand-père maternel, un petit agent voyer fier d'une race de bonne bourgeoisie, qu'il avait connu un peu. Tous ces visages familiaux avaient beau être peu nets, il les aimait et les trouvait heureux. Son père n'était qu'un ouvrier potier qui, devenu fermier du grand-père maternel, finit par en épouser la fille. C'était un homme industrieux, économe, et plein de vertus paysannes. Il venait de Crémone. Maintenant, il habitait toujours cette petite ferme baignée de rivières, aveugle et attendant sa fin. Et plus il y songeait, plus son fils pensait qu'il en avait hérité de caractères, avec cet amour du sol, cette gêne un peu rustaude et, parfois, le goût des plaisirs primitifs.

Car il sentait fortement tout ce qui le liait à la terre et à ses ancêtres. Le peu qu'il en savait, déformé par des traditions familiales indécises, lui faisait infiniment respecter les efforts de petits paysans mantouans, de soldats, de marchands, et des chaînes l'unissaient à des races inconnues, âpres au gain, ou bien à ces races trop enclines au rêve qu'il aimait, se sachant des ascendances celtiques aussi bien que toscanes. Il ignorait tout de ses premiers jours, comme nous tous, sinon ces récits puérils qu'on lui contait ; sa mère avait fait un songe la nuit de l'accouchement, et puis, quand il était né, il n'avait pas pleuré du tout, mais il s'était mis à sourire. Et puis encore... Mais ce qu'il voulait seulement savoir et qui lui plaisait, c'est qu'il était né en plein air, dans un fossé, tout contre la terre, un matin d'automne que sa mère, revenant de Mantoue, gagnait la campagne avec son mari. Il était né comme les bêtes des champs. Selon la coutume des paysans de la région, on planta à sa naissance une bouture de peuplier, et il pouvait encore la voir. Car on ne manquait pas de lui dire que c'était cet arbre si grand, beaucoup plus grand que tous les autres, et pourtant, il a été planté bien après.

Il avait été élevé à la campagne, parmi les pacages et les vergers, jusqu'à douze ans. Il avait vécu de la vie de tous les petits garçons de fermiers des environs, partageant leurs très anciens repas de châtaignes bouillies et de fromages, et chantant dans leurs rondes :

Le meilleur sera roi, tra la la !

Mais il était déjà de santé médiocre, dans ce climat trop humide. Quand il était tout petit, sa mère le berçait en lui chantant des chansons anciennes :

Le bébé qui ne rit pas à sa maman
Ne dînera pas avec le dieu
Ne se mariera pas avec la déesse.

Ou bien, elle lui racontait de vieilles histoires, et il s'habitua ainsi à croire à demi aux fées et aux magiciens capricieux qui transforment les plantes. Cette terre gorgée et fraîche, les canards et les cygnes sauvages sur les mares et les ruisseaux, la douceur mouillée des courtes nuits d'été, les ruches qu'élevait son père dans les endroits frais et pleins de fleurs, tout cela l'avait entouré de songes merveilleux.

Sa mère l'avait élevé avec une affection alors assez rare. C'était une femme encore jeune, dévorée d'amour pour ses enfants.

Il n'avait qu'à se souvenir, l'autre année, lorsque son petit frère était mort, des plaintes terribles de sa mère, se lamentant à voix haute, à la mode italienne. C'est d'elle, sans doute, qu'il tenait le meilleur de lui-même, une forme de piété très douce, la croyance aux forces de la terre, l'amour du pardon et de la pitié, l'amitié pour les bêtes. Les besognes familières, l'intimité avec les plantes, les chiens, les troupeaux, la parenté si visible et si continue pour des yeux de petit paysan entre la bête et l'homme, il ne devait pas oublier ces leçons. De sa mère sans doute, il tenait aussi cette délicatesse qui devait surprendre ses amis futurs, écoliers de Crémone, étudiants de Milan, et qui le fit surnommer « la fille ». Car il était un peu gauche, mais curieux de la vie des garçons et des bêtes, et se penchant avec prédilection sur chaque chose.

C'est ainsi que son amour du pays s'était formé. Car il ne devait pas souvent, en somme, après douze ans, habiter continuement la campagne. C'est pourquoi il fallait bien que ce fût à cet âge qu'il eût appris un certain nombre de choses, et spécialement à se sentir un paysan. Un peu plus précisément, lorsqu'il y pensait avec quelque attention, il retrouvait tous les renseignements lourds et passionnés qu'il tenait de son père, de ses camarades, des valets de ferme. C'était dans des conversations qu'il avait entendu les recettes vieilles et rusées pour arracher à la terre le plus d'or possible. Il savait sous quelle étoile il fallait ouvrir le sol et marier la vigne grimpante à l'ormeau, la manière de multiplier le bétail. Avant d'enfoncer le fer dans une glèbe inconnue, il savait qu'il faut étudier l'influence des vents, le climat, les procédés scientifiques, et encore plus les traditions locales. Car on ne séparait jamais le sol de ses démons. Il y avait encore dans ses souvenirs, reposés comme dans l'hiver poussiéreux, certains outils de son père, le corps de charrue en bois dur, des rouleaux ferrés, des traîneaux, des herses, des râteaux géants et puis les osiers, les claies à sécher le fromage, celles de roseau et celles d'arbousier, le van presque sacré. A la mode antique, il avait vu couper et puis durcir au feu le joug de tilleul et le manche de hêtre. Lorsqu'avec le rouleau, on aplanissait l'aire, il y mêlait la craie et l'argile pour empêcher l'herbe de pousser. Quand la charrue allait, il suivait, découvrant les bêtes, le ver rouge, la fourmi. D'autres encore : le mulot, la taupe aveugle et fine à toucher, le scarabée.

Mais c'étaient les abeilles qu'il aimait. Dès l'enfance, comme son père en faisait l'élevage, il savait qu'il fallait chercher, pour établir des ruches, de claires fontaines, des étangs bordés de mousse, avec un arbre. Il jetait alors de grosses pierres dans l'eau, et les abeilles venaient s'y reposer. L'odeur du thym, du fenouil, de la lavande grise et bleue, se mêlait pour lui désormais à ce bourdonnement pressé, qui est comme le bruissement même de l'été. Il y avait là des saules glauques, les crocus rougissants et les jacinthes rouillées. Les ruches de son père étaient en écorce, ou en osier, enduites de terre grasse à la base, et couvertes de feuilles. Et toute la prairie sentait bon.

C'est ainsi que la terre, autant que ses ancêtres inconnus, que ce père et que cette mère presque aussi ignorés, avaient contribué à le former. A voir se suivre les saisons inégales, monter du Mincio les brouillards gris et minces, ou ces vapeurs électriques qui rendent les bêtes folles, l'été, il avait commencé sa vie et l'avait pour jamais dessinée. Ce climat mouillé, qui lui faisait mal, il l'en aimait davantage, peut-être, avec ses longs crépuscules, les mottes humides où le pied enfonce, les grands troupeaux, et cette légèreté de l'air, par les beaux jours. C'est là qu'il avait passé dans le jeu, les premières années de sa vie.

Il revoyait, un jour de ses douze ans, cette petite fille qui était venue avec sa mère cueillir dans leur verger des pommes. Il courait devant elle et sautait pour atteindre aux branches tremblantes ; il la trouvait jolie et se croyait amoureux d'elle. Que ne pouvait-il y mordre encore, à ces pommes arides et serrées, et à ces joues si fraîches de la brume du matin !

Etudes

C'était le dernier souvenir de son enfance. A douze ans, il avait quitté ces voluptueux et sages paysages, et il avait fallu aller à Crémone, travailler, apprendre, avec sa dure tête de petit paysan qui veut savoir, et sa santé débile. Vers quinze ans, on l'avait émancipé, fait bien rare, car la coutume était d'attendre plus tard, et il avait quitté les amulettes enfantines que sa mère avait suspendues à son cou dans une bulle de cuir. Trois ans de Crémone, un an de Milan, tout cela était bien vague. Il avait appris le grec, l'histoire, s'était occupé de poésie, avait lu énormément. Pour d'autres, il se préparait à faire son droit. Ses parents le voyaient avocat, et célèbre. Il faisait semblant de croire à sa vocation.

Il avait lu des philosophes, réfléchi un peu... Ces écoles provinciales, soucieuses d'études désintéressées, lui plaisaient. Les garçons actifs qu'il rencontra à Rome demandaient des leçons pratiques pour se conduire dans leur vie et se hâtaient d'assurer leur carrière d'homme politique, de banquier ou d'avocat. Le plus célèbre essayiste du temps avait longuement et vainement protesté contre cette trahison de l'esprit. Rien n'y faisait, et seuls, les maîtres patients des écoles du Nord continuaient à penser que la philosophie et la science sont autre chose qu'une technique.

Il avait appris à connaître les plus anciens poètes de son pays et ceux qu'un bienfaisant élargissement de la littérature introduisait grâce au snobisme. Il rêvait l'alliance des forces étrangères et orientales au génie latin, pour une nouvelle notion de l'humanité.

... Et puis, un beau matin de ses dix-sept ans, il était arrivé à Rome, il y avait maintenant trois années, trois années si pleines et si lourdes qu'il n'en connaîtrait jamais sans doute la profondeur interdite. Après un long voyage, coupé de haltes dans de médiocres auberges, il avait découvert avec émotion une ville énorme et stupéfiante. Il croyait d'abord, dans sa simplicité, que Rome ressemblerait à Mantoue ou à Crémone, comme une chienne à son chiot. Mais dès l'approche, sur des larges routes, une vie onduleuse faisait naître les bruits, les voitures, le cri, et puis, un à un, surgit un tombeau, une colonne, un temple. Et lorsqu'il eut pénétré dans les faubourgs, il fut assailli par une foule violente et bigarrée, des marchands éclatants, des appels obscènes : c'étaient des vendeurs d'allumettes soufrées échangeant leur marchandise contre de la verroterie brisée ; des trafiquants de soupes, de légumes cuits, d'arlequins bizarres, criant leurs produits en plein air ; des montreurs de serpents, des prestidigitateurs ; l'homme « le plus fort du monde » qui portait sept à huit personnes sur ses bras. Un désordre, un encombrement de voitures affolant, tout cela rayé de soleil et d'ombre, avec des taches rouges sur les marchands de viande qui transportent des poumons sanglants ou des tripes, des taches bleues sur les mules du charbonnier qui crie, le visage noir et blanc partagé en deux par l'ombre raide de son fouet.

Cette ville qu'il avait crue pareille à tant d'autres, c'était quelque chose de si nombreux et de si massif (une bruissante cité, riche de marbres, de larges espaces, avec les palais des collines, les souvenirs anciens à chaque pas, les cités ouvrières qui se dressaient et ces anciennes rues étroites et fraîches, ces maisons de bois, reléguées à l'écart, détruites, envahies par un modernisme puissant et brutal — tout un ensemble, un mélange de formes et d'odeurs extravagant, dans les années troublées que vivait le siècle) que c'était un monstre vivant auquel il ne pouvait comparer aucune ville.

Il se plongea avec passion dans le mouvement. La ville lui offrait ses rues, les odeurs des quartiers populaires, le plaisir à bon marché, les promenades. Il sut bientôt l'heure des intrigues au Champ-de-Mars, sous les portiques : il allait, lorsqu'il était seul, y regarder les jeunes femmes suivies de vieilles nourrices ou suivantes, chaperons autant que maquerelles. Et lorsqu'il en avait assez de l'artificiel d'une vie charmante, il descendait aux quartiers ouvriers ou commerçants. Là, dans les tavernes à bas prix, au flanc des rues dévalantes, le peuple de Rome se nourrit pour dix sous : des fèves au vinaigre, de la polenta de farine, des têtes de mouton bouillies, des saucisses à l'ail et à la ciboule. C'est là que, sur des bancs, on boit un vin cuit, on mange des gâteaux, on joue aux dés. Une fille du quartier se met quelquefois à chanter.

Les tondeurs en plein vent, les chanteurs de rue, les marchands de gâteaux et de boudins à la porte des bains publics, cette foule intense et brutale, assaillie de passions, les ivrognes endormis dans les ruisseaux, tout cela, aussi bien que la voiture à la mode, l'agent électoral et ses manœuvres, l'agitation du Sénat à la veille d'une grande séance, lui imposait un amour sans bornes de la vie et de la lumière du jour.

Comme tous ces plaisirs l'intéressaient bien plus que ses prétendues études de droit ! Il les avait pourtant terminées, pour faire plaisir à ses parents, et aussi pour voir. Il gardait le souvenir de l'unique cause qu'il eût plaidée. Décidément, ce n'était pas fait pour lui. Il avait fait l'impression d'un imbécile, car devant un public nombreux et indifférent, il ne trouvait plus ses mots, se troublait. Son client devait avoir été condamné, n'est-ce pas ? Mais quelle importance cela avait-il ?

Pourtant, il ne se contentait pas du plaisir. Débarrassé du droit, il avait voulu apprendre encore davantage, s'était passionné pour les mathématiques et aussi pour la médecine. Il se savait prétuberculeux et désirait se soigner en connaissance de cause. Mais surtout, il se lança avec passion dans les études philosophiques et l'éloquence. C'était de son âge.

Il suivait les cours d'un Grec assez connu : Epidios, amateur de belles phrases, de prose ornée, de métaphores, qui avait retenu de l'Orient le goût du style en fleurs et des caresses. D'autres maîtres de ce genre, Tarquito, Selio, Varrone, avaient cette séduction bruyante et vaine qui l'enthousiasmait pour l'instant.

Malgré les attaques fréquentes contre l'école orientaliste et précieuse, il se donnait le luxe de faire partie d'une espèce d'avant-garde, par goût juvénile autant que par jactance.

    L'avant-garde — et il ne s'agit ici que de l'avant-garde entre les mains du snobisme — possède en effet le charme de l'absurde et du nouveau. Non seulement elle cherche des voies ignorées, et nous donne le plaisir de voir des arts inconnus se faire des lois, des mots jamais unis se marier pour notre agrément, des recherches verbales ou psychologiques aboutir ; mais encore, lorsqu'elle n'est pas entre les mains de très grands génies, elle pousse jusqu'à l'extravagance sa nouveauté. Et par là, elle est peut-être davantage elle-même : car ce n'est qu'en allant aux confins de l'absurde et de la folie que nous sortons décidément des chemins battus. Le grand génie qui consacrera les découvertes de l'avant-garde, les humanisera, les intégrera à un idéal universel que les hommes pourront entendre. Mais ainsi il s'interdira telle région de l'âme un peu excentrique comme telle alliance de mots un peu trop dépourvue de signification humaine ; il agrandira la possibilité de compréhension des autres hommes, il ne nous mettra pas à part d'eux. Et même, lorsque l'on a déjà d'autres idées, que l'on se rend compte de la vanité presque ridicule de certaines originalités purement extérieures, on retomberait avec un certain regret au rang des autres hommes. C'est alors, mon Dieu, qu'on trouve du charme aux épithètes saugrenues, aux emphases, aux métaphores incohérentes. On a beau ne s'en servir qu'en souriant, elles sont, elles aussi, un moyen d'évasion.

    Et pour d'autres, beaucoup plus rares, elles sont encore autre chose. Lorsque nous lisons une œuvre passée, que nous contemplons une œuvre d'art ou un meuble, outre leur charme éternel et profond s'il s'agit de choses belles, il s'ajoute pour certains de nous, le charme qu'aurait tout de même une œuvre médiocre, un tableau médiocre, un meuble sans art. C'est le charme de l'époque. Ce charme est très difficile à saisir sur les belles œuvres que produit l'époque où nous vivons. Il se lit plus facilement sur les œuvres d'un intérêt secondaire, et principalement sur les ouvrages outranciers et délicieux qui sont ceux de l'avant-garde. En eux, nous découvrons la part incorruptible et irremplaçable du présent, ce qui fera dire dans trente ans d'ici : « Mon Dieu, comme c'est donc démodé, comme c'est donc... » (Et ici la date de l'œuvre). C'est ainsi qu'en même temps qu'un moyen d'évasion hors du banal, l'avant-garde est aussi le goût un peu pervers du démodé de notre époque.

Mais elle ne pouvait suffire à satisfaire les exigences du jeune homme. Il allait à la philosophie avec un amour inné de l'universel, un besoin immense d'explications. Trop jeune pour s'arrêter, il ne savait lequel croire, et cependant des contradicteurs et des ennemis, il formait sans doute peu à peu déjà ce qui serait la règle même de sa vie. Les dures doctrines matérialistes le rejetaient vers l'étude de la science, mathématiques ou médecine, et lui imposaient de limiter l'homme à son corps. Il apprenait d'elles dans tout l'éclat de leur jeune séduction, à ordonner la vie autour d'un centre, à déduire les choses. A l'explication du monde, la découverte de l'atome, les vieux systèmes des premiers penseurs grecs renouvelés par la philosophie du jour, s'ajoutaient pour le tenter un désespoir, une amertume virile et dure. Ceux-là même qui proclamaient la loi de l'univers nécessaire, promulguaient une morale raide et épurée, et il les aimait de vouloir faire consister la sagesse en une soumission à la nécessité. Oui, mais alors d'autres arrivaient, qui parlaient de l'écoulement éternel des choses et affirmaient qu'on ne se baigne pas deux fois dans le même fleuve. Platon apportait sa doctrine fluide et compliquée, respectant la complexité de la vie et donnant au monde une solution poétique, — et il songeait indéfiniment sur ces mythes presque divins, les prisonniers amoureux des ombres, ou Err le Pamphylien qui vit le pays des morts. Quand pourrait-il unir ces charmes dissemblables et sévères ?

Il lisait aussi les poètes et se croyait une vocation. Dans le cercle d'amis qui l'avaient suivi à Milan comme à Rome, quelques-unes de ses épigrammes contre le professeur d'escrime, ou bien telle de ses autres compositions burlesques, ou poétiques, avaient un succès d'ironie et d'estime. Il imitait le poème sur le canot de Catulle dans une parodie un peu scolaire, mais cocasse. Et puis, aussi, il travaillait à des poèmes de plus longue haleine, sans en rien dire.

Il s'amusait beaucoup. Malgré sa faible santé (il souffrait souvent de l'estomac et de la gorge et était sujet à des névralgies et à des crachements de sang), c'était un grand garçon assez fort, le teint coloré, l'air paysan. Il avait les cheveux courts, le front découvert aux tempes, les orbites profondes, avec des yeux enfoncés, les pommettes saillantes, le menton accusé, la bouche charnue ; cela formait une figure maigre et grave.

Il aimait le plaisir avec une sorte de candeur, étant naturellement sensuel, et courait les filles et les garçons, comme l'y autorisaient les mœurs de son époque. Il n'y voyait aucun mal, les maîtres qu'il lisait admettant cet éclectisme, et il suivait son désir sans aller chercher plus loin.

Mais il aimait les jeunes filles. Dans ses rêves, elles venaient, se tenant par le col ou par la main, diverses. Il y avait la petite fille de ses douze ans, dans le verger matinal. Ou bien telle autre, fraîche, avec des joues brunies par le soleil des champs, qui fuyait derrière les saules et se retournait pour être vue. Celle-là, et d'autres, avec leur cadre naturel de feuilles, le foisonnement des bois enchevêtrés, les rayures vertes et noires des profondeurs de la forêt. Il les aimait toutes, de cette façon timide et sensuelle : celle qui fuyait derrière les saules penchés de la rivière, tout son cœur bondissant s'en rappelait la grâce ; mais s'il était assez fin pour savoir qu'elle voulait être vue, il n'avait pas assez de courage ou d'irrespect pour la poursuivre et pour la prendre.

Il y en avait bien d'autres qu'il aimait et qu'il rêvait avec toute sa force inemployée, tout ce qui le poussait vers les choses neuves et vierges, et ce goût qu'il avait pour les élégances et l'harmonie que crée une femme autour d'elle. C'étaient celles qui étaient si fières, si lointaines, avec leur long corps flexible, leur regard impérieux, belles filles royales et méprisantes, qu'il leur donnait tout de suite l'armure de vieilles batailles, le cheval caparaçonné et un cœur ennemi de l'homme. Etaient-elles réelles, seulement, avec leurs vieux noms célèbres qu'on pouvait lire sous une statue ou sous un tableau ? Mais, dans ses rêves, il savait leur parler et elles étaient à lui. Elles étaient pareillement à lui, celles qui souffraient délaissées comme Ariane, qui méditaient le crime, les filles de son pays, qui croyaient aux sorciers, aux herbes maléfiques bouillies sous la lune rousse, aux imprécations et aux envoûtements.

Toutes ces jeunes filles, et aussi les confidentes, les sœurs d'enfants trop jolies et trop ardentes, celles qui préparent les amours des autres et ne disent rien d'elles-mêmes, toutes ces jeunes filles, il les aimait, presque pareilles, avec leur attrait éphémère, leur corps intact, leur amour de l'amour, cette peau fraîche et dorée et cet équilibre merveilleux.

Avec tous ses rêves, tous ses désirs, c'était un timide, un maladroit, un sérieux garçon. Il rougissait avec une facilité charmante, et hors ses amis et les filles qu'il appelait à son plaisir, il était désespéré lorsqu'il lui fallait voir quelqu'un. Il aimait le silence, l'étude, la mélancolie, autant que le mouvement, le plaisir, l'allégresse. Il sortait de sa solitude pour une brusque explosion de vie, une promenade avec les copains, une nuit de rires. Il contemplait le monde avec peu de joie et ne savait pas grand'-chose de la politique. Il était sensuel et réservé, d'ailleurs exigeant, irritable. Mal vêtu, mal chaussé, au milieu d'amis élégants, il savait à peine se raser et fréquentait peu les coiffeurs.

C'est ainsi que vers l'âge de vingt ans, il pouvait rappeler ces souvenirs, alors que ses amis seuls le connaissaient et que personne d'autre ne savait le nom de Virgile.

Guerre et Paix

C'était en pleine crise politique et guerre civile. Il aurait fallu être singulièrement habile à se séparer de l'univers et à vivre pour soi pour ne pas s'apercevoir bon gré mal gré, que l'on risquait de se faire assassiner, le soir, dans les rues mal famées et que s'intéresser à la littérature et à la philosophie pouvait devenir une distraction éphémère.

Le 18 janvier 52, peu de temps après l'arrivée de Virgile à Rome, Clodius avait été assassiné par les spadassins de Milon. La foule lui avait fait des funérailles horribles et magnifiques et avait failli brûler la ville. La nuit encore, parfois, des feux sinistres éclataient dans les bas quartiers. Des gens rouges et harassés entouraient le Sénat en hurlant. Et cela menaçait d'être pire.

Pourtant les années avaient été relativement calmes. Le Sénat affolé avait donné des pouvoirs dictatoriaux à Pompée qui s'efforça de maintenir l'ordre, Aussi, les jeunes gens comme Virgile purent-ils s'amuser à leurs petits jeux intellectuels avec assez de tranquillité.

Mais tous les esprits un peu pénétrants pouvaient prévoir que les luttes étaient imminentes. Pompée tenait Rome, César était en Gaule, cela allait à peu près. Mais César rentrerait un jour. On savait fort bien qu'il ne s'était allié à Pompée que par nécessité politique. D'ailleurs l'homme d'Etat qui bornait leur ambition était mort, tué dans une aventureuse expédition en Syrie, ce qui les laissait face à face. Pompée avait perdu sa femme Julie ; fille de César : un autre lien se rompait.

On ne s'étonna donc pas outre mesure de voit Pompée prendre une série de décisions qui atteignaient César par le biais.

Partie I – *Jeunesse de Virgile : Guerre et paix*

Dès l'an 50, la crise éclata : allait-on rappeler César ? Celui-ci fit savoir qu'il se soumettrait aux lois de la République et qu'il abandonnerait son commandement, à condition que Pompée abandonnât en même temps le sien. Pompée refusa, réunit des troupes à Naples, et se prépara à défendre l'Etat et son pouvoir.

Le 18 janvier 49, César, qui bouillait d'impatience à Ravenne, franchit le Rubicon, limite de son gouvernement militaire, et marcha sur Rome. Les forces de Pompée étaient en Espagne, Pompée et le Sénat, abandonnant la capitale par raison d'Etat, se réfugièrent à l'abri des coups, en Grèce, laissant à d'autres le mandat de défendre Rome. Déjà ! En deux mois, César avait occupé l'Italie entière, couru en Espagne où il avait battu les lieutenants de Pompée à Lérida, pris Marseille révoltée. Matée, Rome ne bougea pas.

Virgile n'avait pas été enrôlé. Il avait pourtant laissé ses cours de philosophie et ses poètes pour les années de grandes vacances que ses pareils ont parfois aimées. Mais, s'il avait suivi avec joie les exploits de César, si la gloire du conquérant avait pour lui l'attrait qu'elle avait sur les jeunes gens, il détestait cette guerre. En paysan, il souffrait de savoir les champs en friche, de voir des bandes parcourir les campagnes, avec leur faux retournée changée en pique. Le monde lui semblait maudit et frappé de folie furieuse.

Et pourtant César le passionnait. Il sentait que le destin de son pays se jouait, que cet homme qui n'était pas jeune, dont les scandales avaient défrayé Rome, cette maigre tête chauve, ce sceptique dur, ce débauché qui était en même temps un général remarquable, un esprit si clair, trop clair, allait enfin découvrir sa vraie voie qui était celle d'un très grand politique. Ce mot qu'on citait de lui quelquefois : J'aimerais mieux être le premier dans un village que le second à Rome, allait recevoir pour récompense d'un lucide orgueil, non seulement Rome, mais le monde. A dater de lui, quelque chose allait être rompu dans le vieil Etat. Et les anciens avaient beau parler — fort bas — d'illégalité, de coup d'État, de tyrannie, la jeunesse était avec lui et l'aimait.

A son retour d'Espagne, il avait apparu quelques jours à Rome, et réuni des troupes, car il avait décidé d'aller attaquer Pompée en Grèce, en plein hiver, pensant que la mauvaise saison empêcherait les manœuvres navales de ses adversaires.

Les nouvelles qui arrivaient à Rome étaient obscures, peu certaines. Etait-ce vrai, dans ce rude hiver, que César perdait ses forces, ne trouvait pas d'alliés, s'éternisait à assiéger Durazzo ? Ou n'étaient-ce que des bruits que faisaient courir des fauteurs de troubles ? On racontait aussi que Pompée, comprenant que César ne pourrait pas tenir longtemps, voulait mener une guerre d'usure, mais que ses partisans l'engageaient à combattre tout de suite.

Dans cette incertitude, arriva enfin la nouvelle du miracle de Pharsale, la véridique nouvelle : le 9 avril 48, les soldats de César avaient battu ceux de Pompée et en avaient pris ou tué les deux tiers.

Lorsqu'on sut que Pompée s'était sauvé en Egypte et qu'il y avait été mis à mort, Rome comprit que la fortune était décidément pour César et qu'il fallait se tenir tranquille.

C'est alors que le père de Virgile mourut. Il était vieux, aveugle, laissait un enfant encore jeune et de santé chétive.

Quelque chose venait de rappeler Virgile à ses plus vieux souvenirs, ceux que ses amis ne pouvaient pas partager. On croit, quelquefois, oui, quand on n'y réfléchit pas, que les plus grands bonheurs sont ceux que l'on a choisis. Mais l'essentiel n'est pas là.

L'essentiel n'est pas la plaque luisante de la mer contre le ciel, ou l'ami qui pense en même temps que soi, puisqu'il y a encore ces liens obscurs, cette tendresse, qui fait partie de notre propre chair, et les plus anciens souvenirs, la couleur du monde les premiers matins.

Partie I – Jeunesse de Virgile : Guerre et paix

Ce qu'il y a surtout de terrible, c'est que cette partie essentielle et fraîche de nous-mêmes, nous sommes peu à la connaître et à en porter le poids. Celui qui vient de mourir savait toutes ces choses, que le meilleur des amis ne sait pas. Et bientôt il n'y aura plus que nous à les savoir, pour un temps.

Son père était mort. Le père, la première admiration. Son père, qui avait comme lui les yeux fixés sur la terre, les pieds dans la grasse terre des champs, attaché au monde, à ses biens périssables et à sa réalité. Son père qui lui avait donné ce jour présent, notre seule prise, et ce respect des choses qui existent et de leurs soins minutieux...

Dans la paix revenue, Virgile put cependant se remettre à s'amuser, à lire. Qui lui en ferait grief ? Mais pourtant il avait vingt-deux ans et son adolescence était terminée. Le spectacle de cette guerre, un pays saignant encore qu'il se prenait à aimer avec passion, l'avaient prématurément formé. Deux ou trois idées essentielles se dégageaient pour lui des événements confus, aussi impérieuses qu'un dogme : la République, règne des partis, règne des luttes civiles, avait vécu. Autrefois, oui, dans ces temps presque légendaires où les Romains étaient vertueux, sobres, courageux, tellement pétris de qualités qu'il était bien invraisemblable que cette histoire fût véridique, la République pouvait tenir. Maintenant, il fallait un homme, une tête à l'Etat, quelqu'un qui sût être clément avec les ennemis du passé, se tenir au-dessus des partis et avant toute autre chose, maintenir l'ordre et la paix. Ce César énigmatique et jouisseur qui venait de prendre le pouvoir comme on devient prêtre, peut-être une force allait-elle l'habiter, cette force qui réside dans l'exercice de la puissance et qui transforme les hommes.

Virgile le souhaitait passionnément.

En attendant, dans cette paix mal assurée où des orages éclataient, il trouvait encore le goût de vivre et d'aimer la beauté.

Et vraiment, il était exquis, un peu prétentieux, peut-être, mais si fervent. Il récitait des vers grecs ou latins avec une voix douce, très bizarre dans ce corps mal taillé, et des caresses étudiées, qu'il avait apprises chez ses maîtres asiatiques.

— Virgile ? disait Julius Montanus qui ne l'aimait pas. Si j'avais sa voix, sa tête et son hypocrisie, je réussirais partout. Lorsqu'il dit ses vers, on croirait qu'ils sont admirables, — sauf à les trouver plats lorsqu'on les lit.

Revenu des inquiétudes de la guerre, des fausses Nouvelles, des communiqués menteurs plus ou moins officieux, il se remettait à la vie qu'il avait choisie, parmi ses livres, ses maîtres et ses amis. Il n'oubliait pas sa mère, inquiète, désolée, qu'il allait voir parfois. Mais ces visites au pays natal étaient tristes, les liens se coupaient peu à peu avec le monde magique de l'enfance, et le père n'était plus là. Sa mère songeait à se remarier et certes, il ne l'en empêchait pas, convaincu qu'il était de l'appui dont elle avait besoin. Mais il se croyait mûri et loin de l'enfant qu'il avait été.

Un autre Grec commençait à le séduire, de façon plus durable : un Nicéen à demi asiatique, Parthénios, qui avait été fait prisonnier pendant la guerre de Mithridate et amené à Rome en 65. Il était poète, auteur d'un essai sur les *Souffrances d'amour*. C'était surtout un maître prodigieux, d'une érudition immense et curieuse, que certains de ses élèves, Gallus entre autres, le plus cher ami de Virgile, étudiaient et copiaient avec amour. Il ne se contentait pas d'enseigner, il communiquait une sorte d'ardeur religieuse, ne négligeant rien des nouveautés littéraires, commentant les poètes du jour, apprenant la passion des Grecs, de la langue grecque, des mythes grecs. De cela, Virgile lui avait une reconnaissance infinie. Cet homme, amené en vaincu dans une capitale victorieuse, la conquérait peu à peu. Il était la poésie même. Les belles dames suivaient ses cours, en parlaient avec des sourires et des soupirs. Mais il apprenait à toute une jeunesse éblouie le culte des belles mortes abandonnées, qui se levaient de leur cendre : Ariane, Phèdre, Elissar de Tyr qu'on appelle Didon.

L'admiration pour un maître intelligent est une chose difficile à supporter, parce qu'il faut être presque aussi intelligent que lui. Sinon, mieux vaut un maître qu'on dédaigne et qui n'a pas d'influence. Certains admirateurs de Parthénios le caricaturaient et pensaient être originaux. Virgile admirait Parthénios, à qui il devait beaucoup, mais il savait s'en séparer. C'était un monde trop intellectuel et charmant qui s'agitait autour de lui : la découverte de l'alexandrinisme, de cette préciosité si raffinée, continuait encore à enchanter les jeunes gens amoureux des lettres. On discutait pendant des heures sur de menus problèmes littéraires, on recherchait les vieilles légendes, les vieux noms baroques sur lesquels on brodait des histoires à la fois cérébrales et sensuelles que le vulgaire ne comprenait pas.

Pendant ce temps. César s'oubliait en Egypte, quelques mois, auprès de Cléopâtre. Virgile songeait que c'était une très belle histoire que celle de cet homme qui avait une mission, qui devait sauver et fonder son peuple, et qui oubliait tout, peut- être, auprès d'une enfant capricieuse et très belle. Mais il savait bien que la mission reprendrait le dessus. Et sans cela, l'histoire n'eût pas été belle.

Peu d'époques peuvent se comparer à celle-là, ne fût-ce que sous l'aspect poétique et mythique. Notre symbolisme, oui, eut le même goût des légendes obscures, des raffinements de rythme, de la religion artistique, mais il n'est rien sorti ou à peu près, de notre symbolisme, lequel n'est, au vrai, que l'aboutissement légitime du romantisme de 1830. Cette jeunesse était plutôt pareille à celle qui s'inquiétait de la nouvelle naissance des dieux, au collège de Coquerel, en un temps où les érudits et les poètes fraternisaient, et où Ronsard et ses amis se préparaient à rendre au monde une beauté qu'ils croyaient perdue.

Certains des camarades de Virgile avaient connu les cercles littéraires de Catulle et de Calvus. Il avait pour ces aînés, morts jeunes, une admiration immense. Etre ce qu'avait été Catulle, ce petit bourgeois de Vérone découvrant la Grèce, Callimaque et Théocrite, s'amourachant des légendes compliquées et des beaux noms, et puis brûlant d'un amour méprisable, trouvant dans son art même de quoi alimenter sa passion, et cherchant la consolation dans les plaisirs faciles, plein de fièvre sensuelle et précieuse, et cachant ses blessures sous des bijoux trop travaillés... Etre ce qu'avait été Catulle, imposer aux imaginations des hommes des figures de femmes aussi troublantes que celle d'Ariane abandonnée...

Cette admiration sans bornes pour un aîné plein de génie se traduisait tout naturellement par des imitations, comme c'est la règle. Mais peut-être aucun écrivain ne peut-il devenir ce qu'il sera sans qu'une admiration féconde ne l'ait tout d'abord profondément peiné. Car l'admiration est, sans mesquinerie aucune, un sentiment de peine, de manque : jamais je n'en ferai autant. Aussi faut-il, pour notre émerveillement, que Balzac ait admiré Walter Scott, ait désespéré de jamais l'égaler. Parfois l'admiration a un objet médiocre, ce qui ferait sans peine songer qu'en elle seule est sa force, et non dans son objet ; car, après tout, Dostoïevski lisait Eugène Sue et l'admirait. Quoi qu'il en soit, il y a de l'admiration et du désespoir à la base de toute carrière littéraire.

Et quel plus grand désespoir pouvait avoir un jeune homme amoureux des lettres, et conscient du peu qu'il était, que celui de Virgile devant certains vers inégalés, certaines plaintes dont on n'a pas passé l'ardeur ?

Tantôt, elle gravissait les monts abrupts, désolée,
Et de là, elle tendait les yeux au loin sur les vastes flots de l'Océan,
Tantôt elle courait au-devant des vagues tremblantes et salées,
En relevant sur sa jambe nue ses souples vêtements.

....

> « Et maintenant, qu'aucune femme n'ajoute foi aux promesses d'un homme !
> « Qu'aucune femme n'espère entendre des mots sincères de la bouche d'un homme !
> « Tant que leur cœur passionné brûle pour quelque but à atteindre,
> « Ils n'ont pas peur des serments, ils n'épargnent pas les promesses,
> « Mais sitôt que la brûlure de leur passion vient à s'éteindre,
> « Ils n'ont pas peur de leurs paroles, ils n'ont pas souci de leurs parjures !

Et cette humilité :

> « Tu aurais pu, au moins, me mener dans votre demeure.
> « J'aurais servi, pour toi, comme une esclave heureuse de son labeur,
> « J'aurais délassé tes pieds purs dans l'eau fluide,
> « J'aurais jeté des étoffes de pourpre sur ton lit...

Et le rythme de ces vœux inutiles :

> « Dieu tout puissant ! plût au ciel qu'aux premiers jours
> « Les navires de Morée n'eussent jamais touché les bords de Crète de leur poupe !
> « Que jamais, apportant au taureau indompté les présents barbares,
> « Le matelot perfide n'eût fixé en Crète ses amarres !
> « Que jamais le misérable, celant ses noirs desseins sous sa chère beauté,
> « Ne se fût assis, comme un hôte, à notre foyer !

Peut-être la passion humaine ne trouverait jamais d'accents plus émouvants que ceux de ce jeune homme qui s'étonnait d'aimer et de haïr à la fois, et qui en mourait.

Mais tout cela ne pouvait suffire à constituer la vie. C'était sans doute une erreur que de chercher encore à unir de beaux mots, de chanter la douleur ou la joie des hommes. La paix du monde était loin d'être assurée, et la valeur du monde elle-même, fort loin d'être affirmée.

Dans l'ordre matériel, c'étaient des révoltes qui éclataient, obligeant César à détruire la bibliothèque d'Alexandrie soulevée, à voler en Syrie réprimer les soulèvements nationaux. (Et Virgile pouvait songer à son aise devant le plus orgueilleux des bulletins de victoire, le : « J'ai paru, j'ai vu, j'ai vaincu » auprès duquel les autres proclamations semblent des exercices de cirque).

C'étaient les derniers partisans de Pompée travaillant Rome, l'Italie, l'Afrique, l'Espagne, les victoires au pas de charge de César et l'éblouissement de l'entrée triomphale à Rome.

Tout cela, Virgile pouvait le voir. Il pouvait garder des triomphes un souvenir splendide, éclairé de biais par des torches mouvantes, avec les esclaves barbares, les rois vaincus, Vercingétorix abattu et décharné, et le dur visage gris, impitoyable et lucide, de celui qui fondait la paix romaine.

Mais devant les victoires encore mêlées aux troubles, le souvenir des guerres civiles prêtes à renaître, le jeune homme se sentait pris de plus en plus par l'inquiétude d'un monde bouleversé. Autour de lui, la terre cherchait ses dieux.

Quel serait le dieu de Virgile ? Quelle serait, pour lui, sa nuit de joie, où il recevrait l'illumination ? Ou bien, plutôt, sa foi serait-elle l'aboutissement de toute sa vie, et un beau jour trouverait-il le centre qui lui manquait et qui expliquerait tout ce qu'il portait en lui sans qu'il eût rien à supprimer ? Quel serait le dieu de Virgile ? Le dieu qui admettrait et recréerait son amour des bêtes, son sens de l'union avec la terre, son goût profond de l'ordre, son sentiment de la grandeur, sa sensibilité tout entière autant que son intelligence ?

Avec les autres, il essayait de le trouver.

Un homme, un moment, représenta le maître. Un écrivain célèbre, avocat, essayiste, vulgarisateur (guère plus que moyen en tout) — Cicéron — avait publié, lorsque Virgile arriva à Rome, l'œuvre d'un poète inconnu qui s'était suicidé après avoir vécu ses derniers jours dans la folie.

C'était une œuvre rugueuse et formidable. Toutes les douleurs de l'humanité, les vagissements de l'enfant, les plaintes des animaux privés de leurs petits, — et puis les premiers jours du monde, le sauvage sans feu, la naissance de la cité, — et puis la haine et l'amour de l'amour, les corps des amants joints dans l'ombre rousse des forêts, la volupté des hommes et des dieux — et cette tristesse amère de l'homme rassasié de plaisir, et l'odeur même, phosphorescente et écœurante, de l'amour — il y avait tout cela dans ce livre désespéré.

Mais il y avait bien autre chose encore : il y avait la haine des dieux, la répétition lassante, monotone, terrible : Dieu n'est pas, Dieu n'est pas, Dieu n'est pas, pendant des centaines et des centaines de vers — une foi naïve dans la science, un essai, sommaire et clair, d'explication universelle, et un enthousiasme si jeune, et si pitoyable, pour la raison.

Que ne trouvait-il pas, dans ces vers massifs et ennuyeux, traversés d'éclairs, parfois brûlants et noirs comme un verset de Frédéric Nietzsche : tout aussi bien un art concis et magnifique, une sensualité triste, le coup d'œil du peintre qui note la tache blanche d'un troupeau immobile sur les champs verts, que cette bonne nouvelle si désespérante d'un ciel vide au-dessus des hommes.

Cette doctrine lugubre posséda presque entièrement le jeune homme. Il en parlait à ses amis, tentait des conversions. C'était la crise habituelle. La jeunesse qui cherche un maître ne change pas : il lui faut le plus dur et le plus exigeant. Virgile était pareil à tous les jeunes gens, et ce qu'il voulait, comme eux, c'est la totale certitude, la joie totale, fût-ce dans le renoncement, l'amertume, et — pourquoi pas, même ? — la joie totale dans le désespoir total. Le vieux maître matérialiste et déchaîné, qu'auréole encore sa mort mystérieuse et l'appel final de la folie, est bien fait pour lui tendre tous les mortels présents qu'il désire. Affamé comme ses pareils, il s'y jette, et que lui importent sa jeunesse et le bonheur ! Ce qu'il veut, c'est la profonde, la profonde éternité, à l'heure prédite du grand minuit, même si cette éternité dérisoire n'est qu'un néant. Et fier de souffrir, fier de la vérité acceptée pour un instant, ce jeune homme pareil à nous refuse tout le reste et défie les satisfactions médiocres.

Alors, dans un grand élan, il décida de renoncer aux lettres et de partir pour Naples, où les philosophes Siron et Philodème avaient des Ecoles dans les jardins, pour s'y consacrer à la sagesse.

Les subtilités de ses anciens maîtres ne le satisfaisaient plus. Les pointes continuelles d'Epidios, son amour de la mythologie, son pédantisme mystico-précieux (il avait écrit un livre sur les *Arbres Métamorphosés*) finissaient par le fatiguer. Parthénios lui-même, avec son sens si juste de la poésie pourtant, ne le tentait plus.

Il ne voyait plus rien directement, à travers ces contes curieux, cette littérature de cénacle. Tout devait rappeler une aventure oubliée, une nymphe, un dieu. Les bêtes elles-mêmes portaient des noms asiatiques ou grecs. Il valait mieux renoncer à ces petits jeux et essayer de retrouver le monde. Il partit.

Il fit ses adieux aux amies et aux amis, auxquels il ne demandait que du plaisir ; il fit ses adieux aux cymbales bruyantes de la rhétorique et, comme il se doit, dit adieu aux Muses, en vers qu'il voulut très beaux :

> *Vers les ports du bonheur nous mettons à la voile.*
> *Adieu, Muses, adieu...*

Le port du bonheur

Les écoles philosophiques de Siron et de Philodème se trouvaient dans la banlieue de Naples, non loin de l'ancienne ville grecque bâtie sur le tombeau de la sirène Parthénope, morte d'amour. Les célèbres professeurs y avaient organisé, à l'imitation de l'ancienne Grèce et de l'Orient, des écoles modèles, parmi les jardins, l'air salé, le soleil. Culture physique et culture intellectuelle.

La santé de Virgile lui commandait dès à présent le Midi italien : ni les brumes de Mantoue, ni les marais romains ne lui convenaient. Là, il trouverait, outre la plus prodigieuse conversation philosophique de l'époque, les jeux, les canots sur la mer ; au sortir des villes, et des murs étouffants de sa jeunesse, avec cette intelligence sensuelle de l'été qu'il avait, c'était peut-être aussi bien que cette conversion philosophique, un des motifs de son départ.

Lorsqu'entre les rochers d'Ischia et de Capri, la ville lui apparut, il reçut le choc des pays trop beaux, trop rêvés, avec la dorure translucide du soleil. Il sut dès lors qu'il s'y fixerait à jamais dès qu'il le pourrait. Et Lucrèce était déjà vaincu.

Ce fut une vie inimitable qui se mit à commencer, une liaison de plus en plus profonde avec la terre réelle et malléable. Quelles phrases pourraient le toucher ? quand il voyait la fraîche mer aplatie, gonflée à peine çà et là, qui chuinte doucement autour des rochers, le soleil vertical aux rayons flexibles entre les feuilles, la paresse installée dans les anses paisibles, et la fuite d'une rame qui raye l'eau dure, à petits coups. Qu'il faisait beau et chaud, les jours d'été, avec le cœur tropical de Naples, les petites tavernes ouvertes de Sorrente, les routes au matin, et la montagne avec ses mulets.

Quelquefois, il partait pour une journée de promenade à travers les chemins de chèvre. Les paysans qu'il rencontrait, le saluaient en patois napolitain. Il courait, comme un chat la nuit, les lieux religieux et champêtres, où parlent les démons du sol.

Il suivit les bords du lac de Fusaro, à travers les paysages chargés de vigne, dans l'odeur d'un riche été, pour aller voir les grottes étagées où parle la Sibylle, De là, il apercevait les terres bordées de mer, Procida, Ischia sur la gauche, puis, derrière, Capri, Sorrente, et l'arc parfait du golfe. Dans ce trou obscur, bruissant de prodiges, il imaginait la grande salle mystique, avec les trois bassins d'eau pour la purification, et la terrible prophétesse. Alors, il pouvait repartir pour la campagne, enivré et monté par les légendes et l'été.

Il n'y avait que cela, des légendes. De ces marais mauvais, hantés de fièvres et de moustiques, des fantômes naissaient. Les paysans racontaient volontiers que c'était l'entrée des royaumes souterrains. Dans ces bois méphitiques, il fallait cueillir le rameau d'or qui donnait la vie sauve à l'esclave fugitif et permettait à l'homme vivant de voir les pays de la mort : mais on devait immoler d'abord le chien noir et les génisses stériles.

Tout cela lui rappelait à temps que la philosophie, les beaux discours, dessèchent la vie qu'elles expliquent : dans ce pays gonflé d'un lait fécond, il retrouvait les anciens enseignements de sa terre natale, la réalité du monde et ses prolongements mystérieux. Il se retrouvait.

Et quand il était las du passé et de ses mystères, il s'en allait tout simplement en mer. La côte souple liait l'eau d'une corde dorée. Il ne faut rien sentir pour ne pas aimer par-dessus tout au monde cette immobilité d'une barque sur la mer. L'eau méditerranéenne, l'eau constante qui ne fuit pas, plus qu'une autre est tiède et vivante, elle sent la bête iodée, le sang humain. Le soir venu, les lumières de la ville allumées, la brise de terre apportait les parfums de la côte et le bruit des villes de plaisir.

Pouzzoles, Baies, Baules... On citait des noms illustres : les villas d'Antoine à Misène, de Cicéron non loin du lac Lucrin, de

Pompée à Baules, des Pisons à Baies. Tous ceux qui avaient envie du paradis terrestre venaient sur cette côte napolitaine le chercher.

Un jour succédait à l'autre. C'était dans quelque baie, devant une taverne louche, avec des gars aux dents pointues, une fille de Syrie qui dansait, un chiffon oriental autour de la tête. La fumée noircissait les murs et elle, elle venait sur le seuil de la porte, avec son corps provocant, ses castagnettes et sa flûte rauque. Elle appelait les passants et elle promettait des tasses de vin, des flûtes, des danses, et aussi des fruits, des pommes rouges et jaunes, des raisins, une belle fille.

Virgile, rentré chez lui, oubliait qu'il avait dit adieu à la poésie.

Au sortir de pareilles journées lumineuses, écrire semble facile. On a laissé une fenêtre ouverte pour que puisse entrer l'été. On aperçoit, dehors, plaqué sur le ciel, un arbre noir et vert. Il y a des parfums vivants qui entrent comme des bulles. Alors on est là, pour écrire. On ne sait pas pourquoi l'on est heureux, mais certainement la vie est une chose ample et aisée. Les mots vont venir, comme vient cet air caressant. Ils n'ont pas de raison de ne pas venir, puisque les choses, elles, viennent : cette fleur plus douce encore à toucher, avec la poudre fine de ses pétales violentés, qu'à respirer et qu'à voir, ce chant d'oiseau pareil aux imitations qu'en font les gosses dans de petites cruches vernissées et pleines d'eau, si pareil que c'est sûrement un corps de douze ans qui est grimpé dans l'arbre d'en face ; ce lézard ocellé, avec son ventre tumultueux et blanc, qui dort sur la fenêtre. Toutes ces choses viennent si facilement. Pourquoi les mots ne viendraient-ils pas ?

L'été, saison facile ! Saison de paresse et de travail, où la paresse et le travail se ressemblent. L'été, avec ses barques plates, les pêcheurs ensommeillés du port. Comme on se sent plus libre, plus joyeux, prêt à partir, avec cette fenêtre ouverte et tout l'été qui entre. Et on se met à écrire. On croit que la poésie est partout. Les soupes de poisson des paysans italiens, les mets épicés et sauvages, le piment rouge, la tomate crue avec du sel grossier, le pain peu levé arrosé d'huile et frotté d'ail, il ne dédaignait rien de cette furieuse attaque de saveurs. Un campagnard au nez écrasé qui se lève avant l'aube et va vers la cendre pour se brûler aux tisons de la veille et dire : « C'est ici mon feu » avec un calme philosophique ; sa chanson le matin parmi les concombres et les choux ruisselants de vapeurs en perles ; et puis cet appétit sauvage et bon enfant qui s'empare de lui ; c'est dans ces histoires plates, que se cachait la poésie. Il aurait voulu écrire, raconter précisément, avec des mots crus et rudes, cette négresse huileuse et crépue, ce jardin aux feuilles glacées et vertes, dont les veines bleues saillent sous le froid. Tout dire, ne rien dédaigner, même cet aïoli au fromage et aux herbes, mêlé d'oignon et de sel, qu'il avait goûté une fois, toutes ces choses si près du sol, tout ce qui trouvait dans sa sensualité profonde tant d'échos pour l'unir à la terre même.

Car sans doute, comme les autres, était-ce par la sensualité d'abord, qu'il était joint à la terre. On ne peut l'aimer que lorsqu'on désire avec passion le contact du sable même de la mer contre sa joue, le goût du sel sur ses lèvres sèches, lorsqu'on sent, à toucher de son dos les racines bombées, de ses pieds la terre, une jouissance infiniment proche de l'amour. On revient de la mer, de l'herbe des prairies, du trop grand air, un peu ivre et vidé. Et pourtant, il y a dans ce sensuel amour de la terre, un désir de possession si immense que nous croyons bien toucher plus avant que l'apparence ; ce n'est plus la pointe rouge et brune des bourgeons dans le vert noir des feuilles qui nous plaît, ni l'oiseau caché dans le tilleul dont le cri nous transperce, ni la bouche détendue de la grenouille assise au centre du nymphéa et prête à sauter, c'est comme si le monde tout entier était résumé dans ce bourgeon, ce cri d'oiseau, cette grenouille. C'est comme si, à force d'aimer ces minimes incidents dans l'ordre du monde, nous avions pénétré quelque secret immense. Alors, dans le raclement de ces deux feuilles perpendiculaires qui se frôlent de seconde en seconde, dans les petites mains humaines du crapaud qui va nager, dans le morceau de ciel carré entre les barreaux de l'échelle aux poules, nous mettons tout ce vague amour qui est l'essentiel pour quelques hommes.

D'avoir longtemps baigné dans une vie terrienne et sensuelle, Virgile conservait ce souci d'entretenir ces relations avec les esprits de la terre. Mais il manquait de barbarie et avait raison, car c'eût été littérature pour lui, que chercher à se débarrasser de la littérature : le naturel était d'accepter sa culture. Aussi ne pouvait-il s'empêcher de voir ces décors pleins de magie, comme la scène naturelle où des dieux aux beaux noms se promèneraient. Et l'eau de la fontaine était donc aussi une nymphe. Ainsi Ronsard peuplait de beaux corps la forêt de Gastine et les prés Vendômois.

Tous les poètes qu'il aimait, ceux qu'il imitait, faisaient ainsi. Les philosophes eux-mêmes, dont il se persuadait qu'ils savaient le secret des choses, usaient de mythes charmants et vagues, où des formes colorées par les reflets d'une vraie lumière se mouvaient. Platon, bien sûr, parce que Platon était la poésie même et qu'il ne voulait renoncer à rien, mais Lucrèce aussi, cet ascète, n'avait pas encore si bien dépouillé tout amour de la beauté qu'il ne fît appel dans ses plus sévères dissertations aux chères ombres détestées de Vénus, d'Iphigénie ou de Cybèle.

Et c'est ainsi que les plus anciennes croyances des hommes, en un temps où le Ciel se vidait, venaient doubler les impressions de plus en plus précises que l'on avait du monde extérieur.

Etait-ce un de ses amis qui lui avait prêté Théocrite ? L'avait-il découvert lui-même ? Peu importe. Mais il savait bien qu'aucun poète n'était mieux fait pour ce moment de sa vie. Il y avait toujours Catulle, certes, et son déchirement ordonné : il y avait bien Lucrèce, qui était le maître et le touchait toujours par cet accent si grave et cette espérance si vaine. Il y avait aussi ce vieil Homère qu'il lisait parfois devant la mer sans vendanges, la mer aux bruits multiples, la mer qui baigne toute l'Odyssée et le rivage des tentes de l'Iliade. (Mais il avait beau essayer de l'imiter déjà, ce n'était pas le moment d'Homère).

C'était Théocrite surtout qui devenait son double : Théocrite avec ses bergers qui sentent la présure fraîche, ses femmes bavardes, ses amoureuses violentes qui préparent des charmes devant la lune, ses enfants qui mordent à leur verte jeunesse, ses moissonneurs qui dorment en plein midi, ses dieux parmi les vignes et les bois, et toute la richesse des saisons alternées. Virgile se doutait peut-être qu'il faudrait attendre vingt siècles avant qu'on retrouvât le goût de la nature et de ses précisions sensuelles avec un égal génie.

« *C'est alors que penchait sur nos fronts et tremblait*
« *Le bois de peupliers et d'ormeaux ; et près de nous, l'eau sainte,*
« *Tombait en murmurant de la grotte des Nymphes.*
« *Brûlées par le soleil, près des branches ombreuses,*
« *Les cigales crissaient et peinaient ; et c'était le cri aigu,*
« *Au loin, d'une grenouille qui murmure dans les buissons de ronces épineuses ;*
« *Le chant d'une alouette ou d'un chardonneret ; la plainte d'une tourterelle,*
« *Et, des abeilles d'or, le vol près des fontaines.*
« *Tout embaumait l'odeur de l'été opulent, l'odeur de la saison des fruits.*
« *Des poires à nos pieds, des pommes à nos flancs,*
« *Les fruits roulaient, multipliés, et jusqu'au sol fléchis,*
« *Les rameaux, sous nos yeux, penchaient leur faix de prunes.*
..
... Ah ! sur le tas d'épis de la déesse,
« *Puissé-je encor planter la grand pelle à vanner, et elle me sourire,*
« *Avec dans ses deux mains, des blés et des pavots !* »

Contre cette mer éclatante, et ces vers, que pouvait dire le vieux maître acharné dont Virgile était venu ici chercher la voix amère ? Sortie d'un livre où elle a juré trouver désormais son Évangile nouveau, toute jeunesse bute aussitôt contre un autre livre. Lorsque, sur la plage envahie par un soleil rouge, aux après-midis écrasantes d'août, Virgile se récitait à lui-même les incantations sensuelles du poète des riches jours, il cédait tout entier et se livrait aux puissances de la joie charnelle. Il ne savait pas qu'il obéissait alors à la loi alternée de la jeunesse, toujours écartelée entre l'exaltation du renoncement total, et l'amour effréné du monde. Et qui sait si ce jeune homme secrètement brûlé de tant de feux opposés ne se repentait pas quelquefois d'oublier les dogmes rigides de son maître pour les appels d'une autre voix ?

Mais pour lui comme pour tous, Naples offrait alors ce paradoxe d'une cité intellectuelle soumise à la doctrine sévère des matérialistes et aux plaisirs les plus sensuels. Et n'était-il pas logique, puisque Dieu n'était pas, de jouir de la douceur de l'air et du charme de la vie ? Sans aller jusqu'aux extrêmes erreurs, Virgile se plaisait à mêler les beaux décors aux paroles mesurées, et oubliait que les paroles prescrivaient de ne plus jouir des décors, mais de chercher la joie au fond de soi-même. Il finissait par penser que le sage n'est point nécessairement un ascète, et qu'il peut se plaire aux parfums, aux spectacles et aux plantes verdoyantes. Et même, il est bon qu'il s'y plaise.

Cette riche cité, dont les êtres les plus infimes semblaient avoir le secret du bonheur, était plus orientale encore que latine. Les vaisseaux du port venaient de Syrie, d'Egypte, des îles aux beaux noms. Ils apportaient les tapis phéniciens, les pourpres, les laines hautes, les épices. Ils avaient passé par la mer odysséenne. Ils avaient reçu les chefs de caravanes, ceux qui venaient des lieux où les sources du Nil ne sont plus visibles, et ceux qui venaient du fond de l'Asie inconnaissable. Les Grecs et les Orientaux avaient toujours joué un rôle dans la vie de Virgile, et c'était peut-être l'Orient, plus que Lucrèce, qu'il trouvait à Naples.

Philodème était un Syrien de Gadara. Aussi abandonnait-il parfois la rigueur épicurienne pour des fables étranges de son pays. Il était né au bord de la mer de Galilée, et parlait du sauveur qui régénérerait le monde.

Virgile aimait ce moment de la vie où les abstractions sont si furieusement aimées, et où la sensualité est si vive qu'elle finit par les colorer. C'était la jeunesse, avec la liberté et l'Italie, que pouvait-il rêver de mieux ? Il avait un ami et des amis. C'était Gallus, poète marqué par Parthénios, amateur de toute finesse et de toute préciosité ; et puis passionné violent, fastueux et vaniteux, rempli de faiblesses et de qualités contradictoires, et tout prêt à aimer. Virgile, devant lui, songeait à Catulle et à son destin.

Il y avait encore, dans ce jardin, par les beaux soirs de Naples, Quintilius Varus et sa finesse critique, Plotius Tucca, et leur aîné à tous, le poète Varius. Tous ceux-là écoutaient Philodème.

Les mots que le maître disait, avaient un retentissement profond dans ces esprits d'un temps désabusé. Peut-être ruinait-il la doctrine de Lucrèce, mais qu'importe ? Le sauveur qui ferait renaître l'âge d'or, n'était-ce pas une admirable chose ?

Et ce vieux rêve se mettait à hanter aussi Virgile. Son maître adroitement, rapprochait les vieilles prophéties étrusques, les bruits qui couraient sur l'antre de la Sibylle. Le jeune homme lisait dans Varron, la grande théorie stoïcienne du retour éternel des choses, le cycle des quatre cent quarante années mystiques après lesquelles le monde recommence ; l'âge d'or allait-il revenir ?

Les poèmes d'Aratos lui montraient la Justice quittant le trône divin, les légendes toscanes ajoutaient aux bonheurs futurs des détails puérils et touchants : les troupeaux, disaient-elles, auront des laines de couleur et on n'aura plus besoin de teindre.

Partie I – Jeunesse de Virgile : Le port du bonheur

Mais surtout, c'était cette croyance que l'enfant d'une vierge sauverait le monde. Que ce fussent les philosophes alexandrins, les disciples de Mithra, ou ces juifs mystérieux dont Philodème le Gadarenite était si proche, tous ne parlaient que de cet enfant du miracle. L'atmosphère la plus religieuse était peut-être recélée dans l'étrange philosophie de Pythagore, cet homme extraordinaire qui avait entrevu le secret du monde en y trouvant à la base le Nombre et le Rapport, et qui peuplait l'univers de musiques parfaites et de songes errants.

Virgile avait-il lu les livres sacrés des Hébreux, où le poète prophétique prédit la paix du monde et le paradis retrouvé ? Le malicieux Gadarenite était-ce lui qui montrait ce troublant chapitre onzième d'Isaïe :

« Le loup habitera avec l'agneau,
« Et la panthère reposera avec le chevreau.
« Le veau, le lion et le bœuf vivront ensemble,
« Et un petit enfant les conduira...
« Et l'enfant s'ébattra sur le trou de la vipère.
« Et l'enfant à peine sevré mettra sa main sur la Prunelle du Basilic »

Virgile continuait toujours à croire que Lucrèce avait raison, mais le monde vraiment était-il si clos qu'il le disait ? Puisque du vagissement premier au dernier râle, il n'y avait que douleur, cette douleur devait bien avoir un sens...

Et il se mettait à espérer.

Il n'allait plus rester longtemps à Naples.

Un jour, une nouvelle stupéfiante vint le bouleverser : César avait été assassiné. Après la mort du Père, voici que le second des dieux de sa jeunesse disparaissait. Il se rappelait les rares jours de triomphe, où, perdu dans la foule, il avait contemplé la maigre face du maître du monde. Il se rappelait surtout la paix qu'il avait fondée, et ces guerres qui allaient reprendre, les champs ravagés, les troubles dans Rome.

Il fut atterré ! Comment un homme aussi droit, aussi rigide que Brutus, avait-il pu... Les détails de l'immense catastrophe, amplifiés ou déformés, commençaient à se répandre. César avait commencé à se défendre, disait-on, mais quand il avait vu Brutus parmi les conjurés, il s'était couvert la tête de son manteau et s'était laissé tuer. D'autres racontaient qu'une vieille femme l'avait prévenu en lui disant de se méfier du quinze mars.

Virgile écoutait tout cela. Il y en avait qui fabriquaient des mots historiques à l'usage des Plutarques futurs. Une interrogation forcenée commençait à naître dans tous les regards, sinon sur toutes les lèvres : Qui serait le nouveau César ?

Au moment même, Cicéron écrivait à Atticus : « *J'ai passé chez la personne dont nous avons parlé hier. A l'entendre, tout est perdu, et les affaires ne peuvent plus s'arranger. En effet, disait-elle, si un aussi grand génie que César n'a pu réussir, qui est-ce qui réussira ? Enfin, elle prétend qu'il n'y a rien à espérer. Je ne sais si elle a raison mais elle m'assurait avec un air de satisfaction qu'avant vingt jours, il y aurait un soulèvement.* »

Mais comment savoir tout cela de Naples ? Ah ! Ils étaient loin, les jours de paresse, dans les bois dorés de Capri, ou sur le golfe ! Certains croyaient à Marc-Antoine, le lieutenant de César, qui n'était qu'une brute militaire assez rusée. Virgile se demandait ce qu'il ferait s'il était à Rome : on avait laissé fuir, impunis, les meurtriers. Mais les funérailles du héros national avaient réveillé la ville haletante.

Cicéron, lui, était furieux. Il écrivait à son ami ; « *Voilà donc à quoi aboutit ce qu'a fait notre ami Brutus. Tout ce que César a fait, tout ce qu'il a écrit, tout ce qu'il a dit, tout ce qu'il a promis, tout ce qu'il a pensé, a plus de force que s'il était encore en vie. Vous vous souvenez bien que le jour même de sa mort, je criais qu'il fallait faire assembler le Sénat au Capitole, Grand dieu, que n'aurait-on pas pu faire à ce moment ! La joie était répandue parmi les gens du bon parti, et même parmi les moins zélés, les bandits étaient consternés. Ne vous souvenez-vous pas que vous criiez que ce serait un coup fatal pour la bonne cause si l'on rendait à César des honneurs funèbres ? Non seulement on lui en a rendu, mais on a brûlé son corps sur la place publique. On a fait son éloge, on a cherché à émouvoir la compassion. On a armé de torches les gens de la canaille pour venir brûler nos maisons. Depuis ce temps-là, on vous dit hardiment : Quoi ! vous osez aller contre la volonté de César ! Je ne puis supporter cela, ni beaucoup d'autres choses encore. Aussi je pense à m'éloigner.* » Visiblement le candidat du « bon parti » voyait qu'il n'y avait rien à faire.

C'est alors, au milieu des incertitudes et des atermoiements qu'arriva un jeune homme, presque un enfant, malingre, rusé et méchant : un garçon de dix-neuf ans, adopté par le testament, qui s'appelait Octave.

Virgile l'avait autrefois rencontré chez son maître Epidios, alors qu'Octave n'était qu'un écolier.

Il n'y tint plus et partit pour Rome.

A Rome, calme plat. Tout se passait en conversations, en attente. Le Sénat manœuvrait. Cicéron, important comme aux grands jours, déclarait que ce jeune Octave n'était pas si mal. Virgile ne faisait rien et ne pouvait rien.

Il suivit le spectacle des jeux funèbres, à la fin de juillet. Ce n'était qu'une fête, et qui trompait mal son impatience, mais elle était pleine de magnificence et d'ordre. Il devait surtout se rappeler cet escadron d'enfants, à cheval, richement ornés, avec des sourires timides et des joues fraîches de jeunes filles, et tous un collier d'or autour du cou. Ils mêlaient et entrelaçaient les pas de leurs chevaux, Joyeux comme les marsouins qui jouent à fleur d'eau près des côtes méditerranéennes.

Virgile demanda le nom de ces jeux et on lui répondit :

— Ce sont les jeux troyens.

Tout le temps de ces fêtes funèbres, une comète brilla au ciel, et le peuple disait que c'était l'âme de César.

Ces journées laissaient Virgile dans un état d'excitation extraordinaire. Il essaya, sans y réussir tout à fait, de traduire cette attente du monde entier, cet amour de César, la beauté de sa destinée, dans un poème dont il n'aima que quelques vers :

> *« Daphnis, à quoi bon suivre au ciel le cours des Anciens signes ?*
> *« Voici que l'astre de César s'avance sur l'horizon,*
> *« L'astre qui fait mûrir les heureuses moissons,*
> *« Et dore les raisins sur les coteaux de vignes. »*

L'Italie entière était dans cet état de fièvre qui fait naître les miracles, les obsessions. Le soleil subissait une éclipse qui précipitait les hommes aux pieds des dieux. L'Etna entrait en éruption. Des secousses sismiques agitaient les Alpes. On prétendait entendre des voix étranges dans les bois, voir apparaître de hideux fantômes à la tombée de la nuit.

Virgile mesurait avec une terreur sacrée combien grand était le pouvoir de César. Et il n'était pas loin de le croire un dieu, tellement il vibrait avec son peuple des réactions les plus simplistes et les plus troubles.

Une sueur mystérieuse couvrait les bronzes et les ivoires. Les sorcières consultées ne découvraient que des signes mauvais. Le sang empoisonnait les puits. Des bandes de loups descendaient de leurs retraites et assiégeaient les villes.

Pendant ce temps, après quelques semaines de calme, la guerre inévitable se produisait. On se battait à Modène, Cicéron faisait des discours.

Pourtant Virgile commençait à espérer. Après les premières incertitudes, il s'était rangé du côté d'Octave, qui était le véritable côté césarien. Il refrénait sa sensibilité heurtée par ce dur jeune homme, sanguinaire et cauteleux, parce qu'il savait que bien des horreurs étaient nécessaires pour arriver à la paix.

Il se résigna donc aux parjures et aux crimes nécessaires. Octave, sans alliés, se rapprochait d'Antoine. Le résultat fut Rome livrée à des proscriptions méthodiques : il fallait à la fois faire disparaître des ennemis, se donner des gages mutuels et avoir de l'argent. Sur la première liste que lut Virgile, il y avait le tuteur d'Octave, l'oncle d'Antoine, le frère de Lépide.

Quelques jours après, il apprit que Cicéron s'était fait tuer à Gaète le 4 décembre 43 pour ne pas tomber entre les mains d'Antoine. Ce conseiller était maintenant bien muet, bien calme, bien réservé, qui fut dans sa vie un fieffé bavard, comme dit Hamlet de Polonius.

Virgile, alors, sentant combien tout était précaire et quel dégoût le prenait, se décida à quitter Rome. Sa mère était remariée. Il devait rentrer. Qu'allait devenir le médiocre bien paternel, tout ce qui soutenait l'indépendance de Virgile ? Après la mort du Père, il devenait le chef de la famille.

Il abandonna définitivement sa vie d'études, les soirs de Naples, les amis charmants, toute la vie qu'il avait rêvée. Mais il se souvenait de ces cygnes sauvages qu'il avait vu parfois s'abattre sur le bord de la mer et crier pour célébrer leur retour. Et cette image était un espoir.

Il avait maintenant vingt-huit ans. Le monde avait changé pour lui. Il savait que, s'il avait encore à s'instruire, les traits essentiels n'en varieraient plus.

Rien n'avait été perdu des moindres instants de sa vie : il la sentait composée comme un beau poème dont les sources seraient aisées à connaître. Il n'abandonnait rien de sa jeunesse, de son passé, mais l'accroissait au contraire et l'enrichissait. Il était toujours voluptueux et mélancolique ; il aimait les longs soirs et l'ombre des montagnes, le plaisir ; Mais il avait découvert la nécessité de l'ordre.

Tous les amis, tous les maîtres, tous les livres qu'il avait aimés, lui avaient servi : ceux-là, qui lui avaient révélé le monde extérieur, ceux-là qui lui avaient appris à aimer les jeux d'esprit, la finesse, la préciosité. Mais il se rappelait surtout ceux qui, comme Lucrèce ou Siron, lui avaient appris qu'il y a de l'ordre dans le monde.

Cet ordre, pourtant, il ne pouvait plus le croire purement raisonnable, purement humain. Ce que nous comprenons ne peut faire tout l'univers. Et les Orientaux lui avaient appris qu'autour des choses que nous comprenons il y a comme un halo lumineux où nous ne pénétrerons jamais, et que ce halo est le signe et le charme de la vie.

La terre qu'il aimait, les livres, les douleurs d'un pays meurtri, lui enseignaient en outre que cet ordre était nécessaire aux choses humaines, et la politique ainsi, à son tour, venait l'instruire et le former.

Pour sauver ce pays et cet ordre, il savait que la force était nécessaire. Mais il ne craignait pas d'en appeler à la force, il l'aimait, comme il est naturel à son âge. Par regret d'être lui-même trop faible de corps, trop rêveur encore d'esprit pour agir, il aimait les grands vainqueurs qui violent toutes les lois jusqu'au moment où ils en donnent aux autres. Alors, en haine des renoncements et des démissions, des bavards peureux comme Cicéron, de tous ceux qui gâchaient et perdaient Rome par des discours et des combinaisons prudentes, il appelait à l'aide l'exaltante force, le grand corps puissant qui referait son pays dans le sang et dans la chair, comme on fait un enfant charnel.

Pour lui, il espérait avoir passé le temps des Maîtres. S'il part pour son pays natal, comme tout jeune homme à l'instant d'une provisoire retraite, en emportant ses livres, Lucrèce, Théocrite,

Homère, Catulle, d'autres encore, il croit bien n'y plus trouver que des compagnons, de très chers compagnons, mais il se sent leur égal. Tout ce qu'il a appris chez eux l'a aidé, mais il a jeté maintenant les livres — croit-il. Et il ne voudrait pas croire qu'il a peut-être simplement mêlé les leçons de plusieurs livres. Qu'importe, le voici, jeune homme de vingt-huit ans, violent, dur, tendre pourtant, mais rêvant de masques qui déguisent sa tendresse. Le monde qu'il s'est promis sera-t-il à lui ?

Un dernier soir, sans doute, avant le départ, il erra dans ces rues dont il se séparait, au bord de cette mer plombée par la lune. Les adieux aux amis étaient faits, avec promesses de se revoir. Il avait dans les mains tout ce passé et tout cet avenir, et se demandait ce qu'il allait arriver entre ses mains à ce dangereux et pesant trésor. Peut- être, à cet instant décisif du départ, tremblait-il.

Pourtant il avait sûrement en lui une confiance très grande et savait bien que s'il ne faisait pas certaines choses, personne ne les ferait. Il avait l'impression vague que les hommes de son temps étaient les hommes d'un monde nouveau. Il s'appuyait de toutes ses forces sur le passé, mais se sentait obscurément tendu vers un avenir dont il pouvait presque distinguer les traits. Il se répétait les prédictions de la Sibylle sur la grande année qui allait commencer, et pensait à cet enfant des prophéties hébraïques qui mettait sa main sur la prunelle du Basilic.

DEUXIEME PARTIE : LITTÉRATURE

La fin du domaine

Il avait donc retrouvé les paysages les plus chers, ceux qu'il n'avait jamais choisis, mais qui avaient la ligne même de ses désirs et de sa mémoire. Tout cet univers si parfaitement reconnaissable, ressuscitait pour lui, où il allait les yeux fermés vers le tombeau du poète au carrefour des trois chemins, vers l'allée où fuyait la bergère et le large hêtre sous lequel, leur chapeau de paille sur les yeux, les bergers dorment à plat dos à l'heure de midi.

C'était ce monde où les fumées lointaines montent naturellement des toits de métairies, où Alexis offre à la bergère la flûte aux sept tuyaux, où Silène, lié de fleurs, dort prisonnier dans les grottes, où l'arbre presque mort marque la limite des biens de Ménalque, où l'étoile du soir arrête les chants quand elle paraît au-dessus des buissons de genévrier. C'était ce monde si clos, si parfait, avec ses ridicules et ses énigmes, ce monde impénétrable comme l'univers d'un poète ou les histoires de famille, et devant lequel les étrangers restent muets, n'en comprenant ni l'humour, ni le charme.

Il rapprit les travaux de la terre, aida à incendier les herbes sèches, à traire les bêtes. Mais il n'était plus le petit paysan ignorant qui accompagne son père au marché de la ville et demande les raccourcis à travers champs. Il ramenait avec lui les ciels plus purs de Naples, la dure lumière qui avait bronzé son teint, les légendes des lacs funestes, et puis, surtout, les amis qu'il avait trouvés dans les livres, les personnages bien-disants, les héros de pastorale et le goût des belles idées.

Aussi le monde de souvenirs d'enfance dans lequel il pénétrait avec une aisance si parfaite et si immédiate, prenait-il de plus en plus la densité et la consistance d'un monde poétique. Il n'avait même pas à oublier qu'en d'autres temps il avait dit adieu aux muses, puisque les ports du bonheur et le pays natal ne lui avaient tous deux appris que la poésie, et que cette poésie faisait tout naturellement un avec son expérience même et sa vie.

Devant lui était cette colline dont la pente s'abaisse doucement, et ce fleuve étalé, et le hêtre rompu. Les anciennes voix, jamais oubliées, reprenaient force. Virgile se mit à écrire.

Après de très sérieuses inquiétudes, le pays était calme. Les meurtriers de César battus en Grèce, un ordre factice s'était établi sous la direction d'Octave, d'Antoine et de Lépide.

Antoine est en Orient, dit-on à Virgile. L'histoire de Cléopâtre recommence. Pour la seconde fois, cette femme étrange a retenu près d'elle un conquérant romain. Pour la seconde fois, une vie inimitable s'est préparée pour des amants criminels, et les missions fondatrices sont oubliées.

Mais Virgile a retrouvé les prés mouillés et les abeilles. Il lit Théocrite à l'heure où le lézard s'endort dans les murs de pierres sèches. Il oublie le monde extérieur, la politique, l'avenir menaçant, la flotte des pirates qui affament l'Italie.

Il a fait la connaissance du gouverneur de la province. Pollion n'a que cinq ou six ans de plus que Virgile. Il a connu Catulle, a vécu sa vie facile et tragiquement gâchée. Il écrit des vers, il a vu le monde. C'est un homme d'action, un arriviste. Il a conseillé César lorsque César a passé le Rubicon, s'est battu à Pharsale, en Afrique, en Espagne. Il a gouverné l'Espagne et la Sicile. De là, au plus fort de ses préoccupations, il écrivait des lettres où il parlait de théâtre et de livres à Cicéron et à Gallus. Il envoyait à celui-ci des comédies.

Lors de la mort de César, il revint en Italie pour négocier les accords entre Octave, Antoine et Lépide. Il avait retrouvé son ami Gallus et lorsqu'il fut nommé gouverneur de la province, Gallus lui présenta Virgile.

Ce grand seigneur était sans doute intelligent, mais fort grand seigneur. Il ne se privait point de donner des conseils. Toutefois, il avait un charme de race indéniable, savait montrer une munificence détachée, recevait fort bien et s'intéressait avec esprit aux arts — qu'il protégeait. Il eut tôt fait de comprendre que ce gauche jeune homme mal vêtu, naïf, parfois violent, avait peut-être du génie.

Virgile lui montra ses premiers essais. Une familiarité littéraire commença de s'établir entre le grand seigneur et le poète. Une commune admiration pour la poésie grecque, pour Catulle surtout, les rapprochait. Ce que ce jeune homme passionné avait apporté au monde, l'accent violent d'une sombre destinée, la fureur amoureuse, le goût de la confession, et toutes les riches parures de rythmes nouveaux, de mots dorés, de noms étranges, allait-il disparaître ? On reparlait de cette époque déchirée et rayonnante de tous ces poètes au cœur brisé : voici Catulle, voici Calvus avec sa triste vierge qui se rassasie d'amères herbes, Pasiphaé !

Mais Virgile n'oubliait pas Lucrèce.

Pourtant ce n'était pas à lui, mais à Théocrite encore, qu'une parenté délicate le liait pour l'instant. La grasse campagne de Mantoue, Andes, au bord de ses eaux doucement remuées, l'ombre fraîche sous les larges feuilles, tout cela était loin de la sèche Sicile, du paysage maigre et lumineux, d'une dure ligne dont la précision mate, est la suprême beauté. Mais des ressemblances invisibles unissaient pour un proche avenir le tremblement des brouillards du Mincio et la mélancolie d'un soir où résonnent des sonnailles à la campagne pierreuse où quelque lourd soleil s'étale.

Lorsqu'à Pollion il parlait un langage d'homme de lettres, il devait sans doute traduire ces secrètes et bouleversantes découvertes en disant :

— L'Italie n'a pas de poète bucolique.

Il continuait à aimer le plaisir. Un jour qu'il dînait chez Pollion, il jeta des regards significatifs sur un jeune homme d'une grande beauté, Alexandre, qui servait à boire à son hôte. Pollion ne perdit pas l'occasion de montrer qu'il était un très grand seigneur et lui donna son échanson.

C'était un garçon très fier de sa beauté, dédaigneux et charmant. Virgile s'en occupa, lui apprit la musique et la beauté des livres.

Un jour, Virgile apporta à Pollion une suite de vers qu'il déclara modestement imités de Théocrite. On y découvrait en effet assez aisément que l'auteur avait lu les plaintes de Polyphème et deux ou trois autres idylles. Mais cette savante imitation se mêlait au charme des souvenirs personnels, à un goût de jeunesse et de sincérité un peu théâtrale. Le visage sensuel d'Alexandre écartait les beaux vers chargés d'ornements, et l'on devinait Virgile amusé, à demi sérieux et à demi ironique dans le berger désespéré qui chantait une plainte rythmée devant la mer.

C'était une œuvre artificielle et déjà singulièrement achevée. On y trouvait l'ordonnance oratoire, le développement d'une douleur qui se soumet aux lois de la beauté, le paysage incertain, la naïveté voulue, et les concetti délicats qui plaisaient encore à Virgile et lui plairaient peut-être toujours. Un lourd bouquet de fleurs choisies pour leurs syllabes et leur nom allait faire décidément pencher la balance vers la préciosité, lorsque le paysage vrai s'inscrivait soudain dans le cadre mince d'un vers. Mais surtout le plaisir un peu pervers qu'il y a à peindre la passion et à faire de beaux tableaux avec une belle douleur, animait ce léger poème, bigarre et décousu, et lui donnait une unité précieuse. Des personnages drapés, haussés sur les patins des acteurs grecs, masqués par une main divine, se devinaient derrière les rideaux d'arbres, et faisaient signe à la pastorale. Peut-être la pastorale un jour délierait-elle tout ce qui la séparait de la tragédie.

Pollion ne manqua pas de sentir tout ce qu'il y avait là d'original, derrière les défroques de Théocrite. Sans doute fut-il sensible à ce qui était déjà connu de lui, et ces défroques mêmes entraînèrent-elles son adhésion. C'était un homme qui comprenait fort bien que l'originalité véritable peut aller de pair avec l'imitation, qu'un poème gonflé et nourri par une longue suite de poèmes, est bâti sur plusieurs plans admirables, et que c'est la profondeur justement et l'abondance de ces plans, le recul de l'horizon peint sur la toile de fond, qui fait la beauté classique.

Il conseilla vivement à Virgile de donner à l'Italie Ce qui lui manquait : un poète sensible aux champs, à la pureté de l'air, aux soirs sur la plaine rase, et un homme pour qui le monde extérieur existe. Il fallait remplacer pour les oreilles latines l'irremplaçable Théocrite.

Virgile, au milieu de l'indicible paix, travaillait. Il n'écrivait plus pour son plaisir, pour décrire le jardin au matin frais, ou tel spectacle rude cerné par le soleil, mais il avait maintenant un but. Il savait où il allait, il avait rompu avec les rêves. Il était comme le berger qui se lève de l'ombre où il dormait, s'étire, et patiemment sculpte le pommeau d'un bâton.

Mais en se donnant un but, il se restreignait, se limitait. Ce n'était plus le jeune homme amoureux de la beauté, sensuel, livré aux songes, qui arrivait à Rome ou à Naples. Il pensait maintenant qu'il lui fallait conclure. Et la conclusion est unique, pour tant d'inquiètes prémisses.

Cette discussion de bergers, ces chants alternés qu'il écrivait dans une langue si littéraire et si ornée, n'avaient pas grand rapport avec ces disputes grossières, ou ces chants véritables, pauvrement rythmés qu'il entendait dans les champs et dont la réalité sans apprêts lui eût peut-être mieux plu, autrefois. Mais il pensait que la nature nue n'est pas belle, il lisait Théocrite, et mêlait désormais constamment le reflet littéraire de la vie à la vie même, ne faisant plus la différence.

Il décrivait l'herbe tendre de sa prairie, les hêtres, les joncs de ses marais, et sans souci de la vraisemblance, imposait à ce paysage le nom d'une imaginaire Sicile qu'il ne connaissait pas, mais qu'habitaient les bergers des livres.

Ces poèmes raffinés et complexes plurent à Pollion. L'amour d'une vraie nature, le souci de la vie, s'y lisaient aussi bien qu'une culture excessive, l'amas des souvenirs et la plénitude presque parfaite de la langue. Avec son approbation, Virgile fit paraître deux ou trois de ces poèmes.

Autour de lui, la vie familiale et paysanne continuait. La vendange amollie qui mûrit au soleil sur les coteaux, l'olive pressée aux pressoirs d'hiver, les fêtes de mai, les fruits mêlés aux fleurs marquaient l'année et la divisaient. Il apprenait à inciser la mince peau rugueuse d'un poirier, à reconnaître la terre grasse d'une terre sèche ou salée, à tuer la vipère cachée. Mais il lisait aussi les tragiques grecs, les Alexandrins, Homère, dans les sentiers foulés par un troupeau qui disparaissait au détour. Il apprenait le nom des étoiles, les vieux noms et les légendes chaldéennes, couché à plat dos dans la nuit d'été, ayant devant lui le ciel immense et rond, et derrière lui, invisible, la terre pareille à une bête.

Il n'oubliait pas ses amis de Rome et de Naples et restait en relations avec eux. Il savait que Gallus écrivait des poèmes extrêmement savants, de petites épopées, inspirées de son maître Parthénios et des poètes grecs, et surtout qu'il avait une liaison étrange qui inquiétait un peu Virgile.

Gallus était en train de faire ce qu'il est convenu d'appeler une brillante carrière administrative et militaire. En ce moment même, il était chargé de lever de l'argent dans les villes de la plaine du Pô, pour indemniser certains propriétaires expropriés. Mais, au cours de sa fortune, il avait fait la connaissance d'une femme célèbre, belle et assez dangereuse. C'était une actrice, de naissance fort humble, qui avait pris le nom de Cythéris. Antoine, quelques années auparavant, avait eu pour elle une violente passion, qui avait scandalisé Rome. Il l'emmenait en mission officielle, et les bourgeois des villes étaient obligés de venir lui présenter leurs hommages. Après quelques excentricités, il s'en lassa. Elle prit assez bien les choses, donna quelques gais soupers, où Cicéron assistait, et finit par séduire l'austère Brutus. Gallus avait pris la succession.

Cette histoire était, au fond, assez piètre, car Cythéris était une femme très belle, intelligente, mais parfaitement incapable de s'attacher et d'une moralité plus que douteuse. Gallus l'aimait pourtant d'un amour à la fois sensuel et raffiné, qui rappelait étrangement à Virgile la façon douloureuse, dure, méprisante et charnelle de Catulle.

La conclusion n'était pas difficile à deviner. Un jour, l'actrice quitterait Gallus, sans plus de raison qu'elle ne l'avait pris, et irait se faire entretenir ailleurs. Aussi, Virgile avait-il un sourire sceptique et un peu triste lorsque Gallus lui montrait un poème enflammé et emphatique où il célébrait la grâce, la bonté et l'amour de Cythéris.

Ces nouvelles du monde extérieur lui parvenaient au milieu de son royaume de plantes et de bêtes familières, ce domaine chargé de souvenirs, de grasses odeurs et de sortilèges. Le lait crémeux, dans les seaux de bois, la lourde exhalaison des étables, la fleur tranchée au soc de la charrue, telles étaient les parures inégalables de sa seigneurie paysanne. Et le rapport barbare et gauche du valet de charrue, le braconnier nocturne ou la maladie des bêtes en étaient les seuls événements. Il allait regarder « son » arbre, quelquefois, comme Fabrice del Dongo regardera le sien, avec le même sentiment sans doute d'orgueil et d'espoir, et la même dévotion superstitieuse et italienne. Il avait beau ne voir le champ rayé par les sillons que par-dessus son rempart de livres, toute cette nature envahissante, avec la fleur roulée dans un poème, l'oiseau interrompant la lecture, lui signifiait qu'elle était là. Et la leçon serait au moins pour plus tard, sinon pour aujourd'hui.

Cet équilibre fut rompu par la mort du jeune frère de Virgile. De noires images s'inscrivirent dans le paysage joyeux : l'enfant de douze ans dont la santé avait toujours été faible, cet avertissement cruel, les pleureuses du cortège, et la mère, la mère surtout. Tantôt la mère abattue, muette, et si vieille, et tantôt théâtrale, embrassant le corps de son fils, accusant de cruauté le ciel et les astres funestes, avec cette belle et lourde déclamation paysanne... La mère qui cherche des consolations dans les devoirs funèbres, ferme les yeux, lave le corps, le couvre ; et puis, criant et réclamant la mort, arrachant avec de grands gestes ses cheveux gris...

Elle traîna quelques jours, hébétée, cherchant son fils, ignorant le monde, et Virgile lui-même et cet enfant en bas âge. Et elle mourut.

Elle ne vivait plus avec Virgile depuis quelque temps : elle s'était en effet remariée et avait même eu un enfant. Mais rien de cette nouvelle vie n'avait compté.

Avec elle, plus encore qu'avec le Père, toute l'enfance de Virgile s'en allait. Tout ce qui était un secret entre elle et lui, ces liens qui dataient de plus loin que le jour de la naissance, il restait seul à le porter. Et c'était bien, il en était sûr, un signe que ce domaine royal où son ombre était à chaque pas, allait être, lui aussi, bientôt un domaine d'ombre. Ce hêtre et cette prairie inclinée encore un instant, étaient réels, mais bientôt son rêve seul en aurait l'illusoire maîtrise. Cette ombre disparue avait magnifiquement donné l'apparence aux chimères, aux arbres, aux palais mystérieux, aux bêtes ; et maintenant qu'elle n'était plus là, il allait s'apercevoir que rien n'avait jamais existé. Et cette fin royale, cette disparition dans le mystère et l'oubli, n'était-elle pas plus belle qu'une vie rapetissée soudain, médiocre, qui mettait à la place du hêtre, un hêtre et de la prairie, une prairie ? Et qui ferait, après l'ombre disparue, vieillir un peu tous les jours chaque plante et chaque chair ?

Maintenant, c'est au tour du Domaine de disparaître.

Quelque temps, Virgile put espérer continuer à vivre dans ce passé baigné d'eaux vives. Il écrivait, mêlant ses deuils et la littérature. C'est ainsi qu'il composa un poème pour chanter Daphnis, le héros de Théocrite et de Sosithéos dont Parthénios lui avait parlé. Mais pour lui, les plaintes funèbres en l'honneur de Daphnis étaient aussi celles du monde pleurant César, ou celles mêmes de sa mère sur le jeune frère disparu. Et en même temps, il allégeait ses vers, les purifiait et cherchait de désespérantes correspondances entre le vent qui se lève, la mer qui clapote doucement, le ruisseau qui froisse les rives et leur musique.

Il allait toujours chez Pollion, un Pollion affairé, inquiet des événements, et tout prêt à soutenir Antoine. Un enfant venait de naître dans la famille du protecteur de Virgile. Que serait ce fils de Pollion ? Virgile se rappelait cet enfant qui sauverait le monde dont parlaient les prophéties messianiques et les philosophes anciens. Le mystère n'attendait peut-être pas plus qu'une occasion aussi infime pour se réaliser. Qu'importait le choix du personnage ? Les jours de Naples, les sages d'Orient qui débarquaient des vaisseaux bigarrés, cette ville ensoleillée et riche, ressuscitaient pour lui. Et Virgile se reprenait à songer à la paix future, au retour éternel des choses et à un royaume magnifique, qui pourrait être de ce monde.

Il lisait *la Religion,* de Nigidius, le pythagoricien, et y trouvait des soutiens précis à son rêve. Ce ne sera pourtant qu'un enfant pareil à ce fils de Pollion, un enfant pareil à tous les enfants, qui sera le sauveur attendu...

Mais Virgile allait être obligé, pour quelque temps, de cesser de rêver et d'écrire. Des événements assez graves allaient le détourner de ses occupations préférées et l'obliger à se mêler à la vie.

La situation était mauvaise. Octave avait à payer ses soldats et les vétérans, très nombreux, qui réclamaient des terres. Il n'avait pas d'argent. Alors, il confisqua. Déjà la paix de Bologne, en 43, avait en principe décidé des distributions des terres, et dix-huit villes avaient été désignées. Vers 41, un commencement d'exécution se dessina. Octave étant devenu de ce fait fort impopulaire, le frère d'Antoine, aidé de la femme de celui-ci, voulut en profiter pour exciter les esprits contre Octave. Virgile, vit sans surprise, Pollion soutenir Antoine. La guerre civile éclata de nouveau autour de Pérouse. Le frère d'Antoine, assiégé dans Pérouse par Agrippa, fut forcé de se rendre. C'est alors qu'Antoine, rappelé d'Egypte par les événements, débarqua à Brindes à l'automne de 40. Sa femme, Fulvie, une forte tête ambitieuse, qui se moquait pas mal de Cléopâtre, alla au-devant de lui. On craignit la lutte ouverte entre Antoine et Octave. Virgile vit donc avec plaisir des médiateurs s'interposer : Mécène, Pollion, entre autres. Un accord fut signé à Brindes, avec un partage du pouvoir qui donnait la portion congrue à Lépide.

Malheureusement, cet accord devait avoir, pour Virgile, des conséquences funestes. Pollion était parti pour une expédition en Illyrie et avait été remplacé par un homme de paille d'Octave, Alfenus Varus. Crémone avait été désignée pour l'expropriation par la paix de Bologne : Alfenus Varus, pour des raisons de rancunes personnelles, y ajouta Mantoue.

Virgile, qui se voyait déjà dépossédé de ses biens, abandonna les poèmes qu'il était en train d'écrire, où il rappelait les conversations de Naples, les paysages discrets et les bergers de pastorales et se présenta devant Alfenus Varus. Celui-ci lui déclara que toute sa bienveillance était acquise aux habitants de Mantoue, que d'ailleurs Virgile était un homme de talent dont il connaissait le nom, que la besogne qu'on lui faisait faire était bien grossière et bien indigne de lui, mais que le devoir est le devoir, la consigne, la consigne, et qu'il ne pouvait rien. Toutefois, il lui conseillait d'aller à Rome, de voir ses amis, Gallus entre autres et Pollion, dont le crédit auprès d'Antoine était considérable. Il s'offrait à le recommander auprès d'Octave, ce qui ne gâterait rien. Il avait l'air si sincère que Virgile le remercia avec effusion et se crut sauvé.

Il quitta Andes à la fin d'août 39. Il avait fait ce voyage, autrefois, lorsqu'il avait laissé son enfance et le pays natal, pour le premier exil à Rome. Sur les chemins, maintenant, le voyage se doublait d'un ancien voyage et près de lui s'était assise une ombre plus jeune, plus diverse et dont les ambitions étaient peut-être tout autres. Un plus alerte corps, des yeux plus clairs, assuraient à cette ombre un sentiment plus réel de la vie, un contact plus parfait avec le monde. Mais entre l'ombre et lui, maintenant, des années et des émotions successives avaient accru la distance : si quelque émouvant souvenir, si quelque ancien regret faisait surgir à son côté l'ombre, il savait combien il était plus dur qu'elle, plus lourd, plus loin d'une vérité directe.

A Rome, il retrouva Gallus, vit Cythéris, dont il aima la finesse et le charme. Pollion, revenu d'Illyrie en triomphateur, accueillit ses doléances et promit de le présenter à Octave.

Il se trouva donc, pour un moment, devant ce jeune homme plein de génie, gauche, rusé, dont l'apparence était malingre et lasse. L'entrevue fut officielle, Gallus avait parlé de Virgile à Octave, Pollion avait dit quelques mots. Octave fut aimable, comme il convenait de l'être. Il promit à Virgile que ses biens seraient exceptés des expropriations. Virgile retrouva devant lui toute sa jeunesse, sa timidité, ses balbutiements. Il osa pourtant rappeler à Octave leur maître commun, Epidios. Le mystérieux jeune homme au sourire fatigué, dont les yeux durs pensaient à autre chose, voulut bien se rappeler. Et Virgile quitta le maître de l'Empire futur aussi exalté que les jours où il suivait César, dans la foule romaine.

Rentré à Andes, il remercia Alfenus Varus. Il lui dédia des vers, lui rendit des visites. Autour de lui, cependant, les expropriations commençaient. Les fermiers abandonnaient leurs terres, entassaient de pauvres meubles dans une charrette, et partaient pour des asiles incertains. Virgile les plaignait, mais sentait un vieux cœur paysan et égoïste renaître en lui pour se féliciter d'avoir gardé ses champs.

Il composa un admirable poème, gâté pourtant par endroits par cet égoïsme inconscient et béat, où il célébrait la restitution de sa terre.

> « O Tityre, à plat dos sous le couvert d'un hêtre large,
> « Sur ta mince flûte de jonc tu essaies des airs paysans ;
> « Nous, nous abandonnons le sol de la patrie, avec la douceur de ses champs,
> « Nous, nous fuyons notre patrie ! Et toi, couché sous les ombrages,
> « Tu fais chanter l'écho de la forêt pour la jeune fille Amaryllis. »

C'était l'automne. Les fruits pendaient aux arbres. Les couleurs s'adoucissaient dans le ciel et le crépuscule se faisait plus long.

Mais l'individu auquel était échu le domaine de Virgile, un ancien sergent nommé Arrius, était bien résolu à ne pas se laisser déposséder d'une si bonne aubaine. Il fit valoir d'abord ses droits devant la justice. Virgile, se rappelant une connaissance ancienne du droit et de vieilles études d'avocat, accepta le procès. Or, les dépossessions, suivant les guerres civiles ou se mêlant à elles, avaient amené dans le pays un bouleversement complet. Nul n'était sûr d'un précaire lendemain. Les fonctions officielles tombaient à peu près toutes entre les mains d'amis du pouvoir ou d'anciens combattants. Octave, Antoine, assez occupés d'eux-mêmes, avaient d'autres soucis que de pacifier le nord de l'Italie, Il ne fallait donc pas compter sur la justice et chacun en faisait à sa guise.

L'ancien soldat le savait bien. Comme il trouvait que l'affaire durait trop longtemps, il pénétra un jour de vive force dans le domaine de Virgile et l'attaqua si brutalement que celui-ci n'eut pas le temps de se défendre. Arrius était armé, Virgile non. Virgile, poursuivi par son dépossesseur, fut obligé de se jeter dans le Mincio et de le passer à la nage.

Il avait été surpris à un tel point par cette agression inattendue qu'il ne sut trop comment agir. Il alla trouver Varus. Varus avait bien autre chose à faire. Il lui déclara qu'il avait en effet reçu des ordres d'Octave, mais que pourtant la donation à Arrius n'était pas annulée, que le parti des anciens combattants était très puissant dans le pays, qu'il ne fallait pas se brouiller avec lui et risquer une guerre civile. Enfin, il lui conseilla de transiger.

Virgile le quitta avec froideur. Pourtant, après réflexion, il pensa qu'il n'y avait absolument aucun recours. Pollion n'était pas là, Varus l'abandonnait. Il fallait gagner du temps. Les domestiques, restés sur la terre de sa famille, étaient pour lui. Il alla donc trouver Arrius et lui demanda quelques jours de délai. Celui-ci, qui préférait, après tout, que l'affaire s'arrangeât à l'amiable, accepta, puisque Virgile paraissait admettre le principe de la dépossession.

Virgile repartit pour Rome. Il jeta sur le domaine menacé un dernier regard, encore chargé d'espoirs. La douce pente de la prairie et les lignes d'arbres qui soulignent le ciel pâle, il y porta une fois encore des yeux charnels. Tout cela avait si longtemps fait partie de lui-même, il s'était si longtemps habitué à ne marcher qu'entre ces simples limites, l'horizon volontairement borné par la haie d'épines et le bois des ormes ! Un peu de brouillard d'automne flottait sans doute dans les arbres et le faisait tousser. Reviendrait-il au Domaine ?

A Rome, il s'adressa de nouveau à Octave. Celui-ci le mit en rapport avec Mécène, qui était son ami intime et son secrétaire particulier. Mécène expliqua à Virgile qu'il n'avait aucun pouvoir. Octave n'était pas encore le maître absolu et il fallait compter avec ses anciens soldats. On ne pouvait pas rendre à Virgile le domaine de sa famille. Par contre, on pouvait le dédommager. Puisqu'il aimait Naples où il avait passé sa jeunesse et dont le climat lui convenait, on pouvait lui donner une propriété aux environs de cette ville.

D'autre part, le philosophe Siron, l'ancien maître de Virgile, était mort et lui avait légué sa maison de Rome. Virgile y habitait avec son beau-père et son demi-frère, aussi expulsés de leur terre. Il se résigna donc à son sort. Il conserva, sans rien y changer, le poème qu'il avait adressé à Octave et à Mécène en manière de supplique. Tous les liens étaient rompus avec l'enfance. Il allait maintenant essayer de briser avec sa timidité coutumière et sa rudesse paysanne. Séduits par ce jeune homme attirant et énigmatique, de nouveaux amis essayaient de lui plaire, Gallus voulait le pousser dans le monde, le forcer à parler, à se montrer. Il céda tout, de son orgueil, de son humilité, de sa réserve sauvage. Puisque le Domaine était perdu, à quoi bon ? Et Virgile commença sa carrière d'homme de lettres...

Débuts

Pollion avait ramené d'Illyrie et de Grèce quelques beaux objets et de l'argent pour en acquérir d'autres. Il exposait dans sa bibliothèque des Praxitèle et des Cléomène, les Canéphores de Scopas et le groupe que nous appelons Taureau Farnèse. C'est là que, lorsque la politique lui en laissait le temps, il faisait venir ses amis et leur lisait ses poésies érotiques ou ses drames.

Virgile avait reçu d'Octave une maison au flanc de l'Esquilin, dans des jardins. Non loin de là, Mécène se faisait bâtir un palais. Il avait retrouvé à Rome ses amis, Varius, Plotius Tucca, Quintilius Varus, Gallus. Il reprenait avec eux, sur un mode plus technique et moins libre, ses discussions de Naples, et Mécène ou Pollion leur offraient une littéraire hospitalité.

Les lettres, à ce moment, étaient encore presque tout entières dominées par l'alexandrinisme. Une science prodigieuse des mots et des mètres était devenue l'essentiel de la poésie et on avait fait de l'obscurité la première vertu. Beaux poèmes alexandrins, fermés comme des temples, avec leurs périodes interminables, leurs métaphores dures et baroques, la minutie de leurs détails, et puis, au milieu de cet hermétisme, quelques vers purs, ténébreux, chargés de souvenirs et de suggestions. Cette époque admirable devait longtemps dominer l'histoire du monde. Avec tous ses excès, la hauteur de son art, l'ébranlement lointain que ses vers faisaient naître, la poésie alexandrine fut une des premières qui fit du mystère le signe de la beauté.

Cette vieille façon de joindre la poésie à la religion trouvait à Rome des dévots multiples. Héraclite d'Ephèse lui-même n'avait-il pas daigné jeter cette ombre nécessaire sur sa prose de philosophe ? Autorisés par un si ancien et si haut exemple, les lettrés italiens s'étaient jetés avec amour dans le culte de l'obscurité. Les professeurs de rhétorique murmuraient ; « Obscurcissez » à leurs élèves, et commentaient Callimaque, Euphorion, Simmias de Rhodes, Lycophron. On s'étonne même que cette obscurité n'ait pas atteint davantage les poèmes de Catulle et de ses amis.

Virgile ne dédaignait rien de ces charmes. Il admirait passionnément les Alexandrins, il lisait lui aussi Euphorion ou *Alexandra*. Quel esprit vraiment épris de beauté ne serait ému par ces obscures et absurdes images :

> « *Je vois une torche ailée qui court*
>
> « *A l'enlèvement de la colombe, de la chienne de Pephnè !* »

Alexandra, le plus bizarre et le plus confus des poèmes, interminable fragment d'un drame prodigieux. Il y trouvait, dans ces prédictions entassées, des séries de devinettes ennuyeuses, des noms propres en foule, une érudition mythologique à dormir debout, et puis de fraîches clairières, de divins vers inspirés, tremblants, mystérieux et nus :

> « *Après avoir fleuri le temps d'une rose de Locres,*
>
> « *Après avoir tout brûlé comme on brûle un désert de chaumes,*
>
> « *A son tour, lui aussi, il goûtera la fuite,*
>
> « *Il cherchera Vasile de la barque, comme une jeune fille*
>
> « *Invoque, et cherche, auprès, les ombres de la nuit,*
>
> « *Effrayée par une épée nue* ».

Il pouvait à son aise songer aux prédictions sur les origines romaines qui joignaient sa cité à la Troie homérique, et se rappelait, lui aussi, avoir vu le promontoire de Zosterio et la demeure ténébreuse de la jeune Sybille...

Autour de lui, on admirait Cassius de Parme, Valgius Rufus traduisait Apollodore de Pergame et Marsus entretenait Virgile de ses ambitions épiques. On essayait de ressusciter la tragédie. Pollion, Pupius, Frescus, et surtout Varius, s'étaient donnés à cette tâche difficile, et ces lettrés ingénieux, au milieu d'un temps qui ne s'intéressait qu'aux déploiement de foules, aux machineries et aux décors, désiraient encore conserver ce climat tragique dont les Grecs avaient eu la révélation : cette vérité éloignée de l'apparence, ce style superbement irréel, et cette ombre religieuse qui différencie essentiellement la tragédie du drame. Virgile écoutait leurs discussions, sans être tenté.

Il perdait peut-être davantage encore, à ces jeux, la simplicité, le naturel. Mais il n'avait pas vécu impunément dans la plus fraîche des campagnes, molle d'eaux cachées, usée par les brouillards, et sa lumière affaiblie percée de flèches. Lorsqu'on le croyait tout près des discussions métriques et que tout le monde écoutait avec lui la lecture d'un nouveau poème, ce rude jeune homme aux joues halées, soudain absent, pensait à son pays miraculeux, à l'enfant parmi les pommiers en fleurs, aux vertes pentes glacées par l'aurore scintillante. Il prenait les attitudes convenables, lisait les livres qu'il fallait, et de cette vie livresque ne se débarrasserait jamais complètement. Mais un mot, mais une idée, même sans rapport logique, le rejetaient soudain à cette image détruite. Un rideau de brouillard montait, et dans cette fumée, il lisait un passé empli de sortilèges, la chanson de l'enfant au verger, les lavandières près du ruisseau laiteux. Alors, si on venait troubler son rêve, il répondait brutalement, se mettait en colère et partait.

Ainsi commençait une vie étriquée et bruyante. Il s'y intéressait d'ailleurs, la plupart du temps, convaincu que tous ces petits ridicules étaient les signes d'une moins vaine inquiétude. Et c'est par de pareils chemins qu'on arrive à la beauté.

D'ailleurs le royaume prétentieux et agréable d'hommes de lettres, où Virgile commençait à être connu, était gouverné par un homme extraordinaire.

Mécène était un prince issu de sang royal dont les ancêtres avaient dominé la Toscane. Il avait à peu près le même âge que Virgile (une trentaine d'années), avait prêté de l'argent à Octave lors de la guerre de Modène et s'était dévoué corps et âme à ses desseins. Il laissait à Agrippa la gloire militaire et ne réclamait pour lui que les qualités les plus hautes de diplomate. C'était lui qui avait mené toutes les négociations depuis Modène, et qui devenait en fait, le véritable ministre des Affaires étrangères d'Octave. En ce moment, il était occupé à négocier une alliance avec Antoine contre ce fils de Pompée dont la flotte affamait l'Italie. Il était rusé, patient et énergique. Il savait allier la clémence à la dureté, et c'était le plus sûr conseiller d'Octave.

Mais cet homme qui savait se passer de sommeil, méditer des plans compliqués où une parole, une salutation, un geste ont plus d'importance que de vastes mesures, était le plus raffiné, le plus mandarin des lettrés. Il avait eu la grande idée de faire servir les hommes de lettres à la louange d'Octave ; toute son habileté et ses ruses de diplomate furent mises en œuvre pour flatter le naïf orgueil des écrivains qu'il recevait. Il aimait, autant que les beaux livres et les beaux vers, les plaisirs du corps, avait une table excellente et respectait en apparence au moins, l'ombrageuse indépendance de ces messieurs. Aussi réunit-il vite chez lui les orateurs, les grammairiens et les poètes.

Ce qu'il y avait chez lui de plus bizarre était son attitude. Ce grand homme d'Etat, ce diplomate, était toujours vêtu de larges vêtements très souples, paré de bijoux, affectait dans sa parole et ses ornements une délicatesse très féminine. Il avait la manie d'être vu et affichait tous les vices à la mode. Il écrivait avec une mignardise extraordinaire de petites lettres, de petits vers contournés et exaspérants, entre autres un poème sur la *Parure* et semait dans ses œuvres les bijoux travaillés et les pierres rares, le béryl, l'émeraude, le jaspe et la perle.

Il était marié avec une folle et charmante femme, Terentia, avec laquelle il allait divorcer plusieurs fois. C'était entre eux une suite continuelle de scènes et de raccommodements. Il était susceptible en diable, facilement à bout ; elle était coquette, méchante, et délicieuse. D'ailleurs, ils s'adoraient et ne pouvaient se passer l'un de l'autre. Le ménage de Mécène était peut-être le plus extravagant chef-d'œuvre de ce poète extravagant.

Cette attitude étonnante était la plus habile des politiques. Pour cet homme qui vivait au milieu des gens de lettres et désirait s'en servir beaucoup plus encore que de les servir, le meilleur moyen était de les imiter et de leur ôter toute méfiance. Devant eux, Mécène se transforma en homme de lettres. Tous ses défauts, son affection, sa vanité, sont des vices proprement littéraires. Dans sa façon d'écrire même, il s'éloignait le plus possible de la vie, et ne faisait que de la littérature. Comment se serait-on méfié d'un homme qui n'était que le plus complet et le plus achevé des hommes de lettres ?

Un jour, Virgile lut à ses amis un poème qu'il avait composé dans son pays natal et dédié à Varus. Ce poème était une abdication : d'autres espoirs avaient occupé Virgile et lorsqu'il écoutait ses amis Varius et Marsus lui confier leurs idées sur l'épopée, ce n'était pas seulement courtoisie et curiosité. Lui aussi avait cru pouvoir chanter les grands événements et pouvoir trouver, dans les désordres de la guerre civile, une belle matière à mettre en vers classiques. Mais sur les conseils de Pollion, il s'était restreint aux petits poèmes imités de Théocrite, à ces pastorales où se complaisait sa préciosité.

Le poème de *Silène* était dédié à Varus et était tout imprégné de légendes tragiques et splendides et d'esprit religieux. Cette religion, à vrai dire, était vague et contradictoire : elle ressortissait à Lucrèce aussi bien qu'aux plus naïves croyances, mais ce balancement entre la raison et les dieux, était peut-être le rythme essentiel de la pensée de Virgile.

En tout cas, les vers en étaient parfaitement beaux, chargés de sensations, précis et lourds de sortilèges. Gallus, qui devenait dans ce poème un héros de la poésie et presque un dieu, fut enthousiasmé et flatté. Cythéris déclara qu'il fallait faire connaître ce poème.

Il ne semblait pas que ce fût chose commode que de faire applaudir d'un public étendu, une œuvre aussi littéraire et aussi remplie d'allusions. La lecture publique devant des initiés, était pourtant un à peu près qu'on acceptait faute de mieux. Cythéris était très belle et très aimée. Ses caprices étaient des lois.

Un jour, dans le plus vaste théâtre de Rome, elle déclama *Silène*. Virgile était perdu dans la foule, caché, inquiet. Quelqu'un le reconnut et le montra du doigt. Alors, le public se leva tout entier en l'acclamant et les applaudissements montèrent du peuple et du Sénat, à travers les gradins du théâtre. Lui, rougissant et stupéfait, il ne savait où se mettre. Mais c'était sa première rencontre avec la gloire.

D'autres que lui commençaient à la connaître. Il était assez lié avec le poète Macer au talent didactique et réaliste un peu lourd, mais dont l'amour des belles plantes, des tiges drues, d'une nature végétale et foisonnante était fort estimé. Et surtout Gallus paraissait béni des dieux. Il avait adapté au latin les *Mélanges* et les *Elégies* du poète Alexandrin Euphorion, et un immense poème mythique et obscur, les *Milliers*. Comme les *Causes de Callimaque* et l'illustre *Alexandra* de Lycophron, c'était un de ces poèmes hermétiques où s'était complu un temps chargé de science. Le choix des mots les plus rares, la déformation même des mots connus, en faisaient une curiosité pour les grammairiens, comme pour les poètes : car tous ceux de cette époque aimaient la vie des mots, et les mots pour eux-mêmes. Une véritable passion philologique les soulevait, comme celle qui animera Rabelais ou celle qui animera James Joyce. L'amplification, l'obscurité des sujets, la prodigalité de l'expression, s'alliaient pour plaire à Gallus à la sensualité secrète de vers mystérieux.

Ces adaptations avaient obtenu un succès prodigieux. A cet érudit doublé d'un poète, le vieux Parthénios avait alors dédié ses *Souffrances d'Amour*, modestement présentées comme un bréviaire poétique, un recueil de fables curieuses où Gallus pourrait trouver de belles matières.

Mais le poète que commençait à toucher la gloire, donnait de préférence ses soins à l'amitié et à l'amour. Son goût pour ces amis qu'il avait trouvés en Pollion, Virgile, Quintilius Varus, Plotius Tucca, et la passion qui l'attachait durement et misérablement à cette femme sensuelle et magnifique, se traduisaient en vers encore chargés d'ornements, mais jaillissants, vivants, comme ceux mêmes de Catulle. Combien de temps Cythéris resterait-elle avec lui, il ne se le demandait même pas. C'était une femme inoubliable. Elle n'était plus très jeune, mais encore merveilleusement belle, et elle aimait passionnément son corps et l'amour. Elle avait eu dans son lit des hommes illustres, et elle n'en faisait plus cas, leur préférant la jeune virilité d'un beau garçon. Elle avait aimé dominer, humilier Antoine, se faire traîner, comme une princesse barbare, sur un char attelé de lions et mépriser les bourgeois des villes et le bavard Cicéron. Maintenant, elle vivait avec Gallus, tout un monde poli, intellectuel et charmant. Elle avait une faculté d'adaptation extraordinaire ; et d'ailleurs, elle aimait véritablement la beauté. C'est très sincèrement qu'elle avait déclamé *Silène* devant le peuple. Mais sans doute ce goût artistique venait-il en elle de Gallus : Gallus lui avait parlé des grandes courtisanes lettrées d'Athènes et d'Alexandrie, chez qui les philosophes et les poètes ne dédaignaient pas d'aller. Elle avait voulu être Aspasie. Mais si elle n'avait pas aimé Gallus — car elle l'aimait, à sa façon, qui était charnelle et violente — elle aurait tout aussi bien été à sa place dans un camp romain sur la frontière que dans un salon. Elle n'était faite que pour l'amour, et ne pensait pas, au fond d'elle-même, qu'il y eût d'autre raison de vivre que l'amour. C'était une courtisane intelligente et qui ne se vendait pas, mais c'était une courtisane.

Virgile se plaisait à la voir vivre, comme un bel animal somptueux et aussi comme un des êtres les plus dignes d'amour qu'il eût connu. La passion de Gallus ne l'étonnait pas, mais elle l'émerveillait. Aimerait-il jamais, lui, avec cette profondeur et cette ardeur furieuse ?

Il était devenu l'ami d'une femme plus âgée que lui, près de laquelle il se plaisait Elle se nommait Plotia Himeria, et connaissait Varius. Cet homme grave et sincère, un des plus sûrs talents de l'époque, avait pour elle et pour Virgile une grande amitié. Il avait eu beaucoup de plaisir à lier ainsi ses deux amis. Mais il n'avait pas tardé à s'apercevoir qu'un sentiment qui n'était plus l'amitié commençait à naître dans le cœur de Plotia Himeria, devant ce pur jeune homme violent et réservé, qui rougissait devant elle. Il en avait averti Virgile.

Seulement, Virgile, qui avait sous les yeux la passion traversée d'orages de Gallus et de Cythéris, sentait fort bien que les grandes amours romantiques, il pourrait peut-être les peindre, mais jamais les subir. Il avait aimé, il aimerait, oui, mais il n'était pas de ceux pour qui un seul nom emplit la vie. Cette femme qui l'aimait, était plus âgée que lui, il ne sentait pas en lui ce grand amour qui eût peut-être tout sauvé... ni amour, ni plaisir, rien qu'une complaisance un peu pesante... Il n'en ferait pas sa maîtresse.

Elle ne lui avait fait que des avances à peine visibles, aussi pouvait-il continuer à la voir et à aller chez elle. Et il refusait avec obstination les conseils de Varius, entremetteur obligeant et peut-être ironique, dont il ne sut jamais s'il agissait par une bizarre amitié pour Plotia ou par une inconsciente perversion. Quant à elle, elle avait très vite compris, accusé son âge, et elle s'était tue.

Virgile en conserva seulement, mais à jamais, le souvenir de l'abominable et fausse position qu'est celle de l'homme qui n'aime pas et qui est aimé, alors que cet homme n'est qu'un pauvre type pas méchant qui ne voudrait pas faire souffrir. L'autre peut-être, l'amoureuse, l'accusera de cruauté, de manque de cœur. Hélas, il n'en est rien, — malheureusement ! Ne souffrait-il pas, Enée, lorsque, désolé, il quittait Didon ? Mais Didon n'en saura jamais rien, car elle souffre de la douleur la plus immense et la plus simple, celle de n'être pas aimée : tandis qu'Enée souffre simplement d'un remords obscur, le remords de ne pas aimer, alors que, peut-être, il *devrait* aimer, alors que déjà il se sent obligé à aimer. Et Virgile, incertain, interrogeait ce cœur qui ne voulait rien savoir, et se désolait d'une indifférence trop naturelle. Il y avait sûrement quelque chose à faire. Quelque chose à faire ? Allons donc ! Il y avait à aimer, et voilà tout ! Mais il ne pouvait pas... Alors, il sauvait les apparences et tâchait de n'y plus songer. Autour d'eux, on parlait à mots couverts de leur mince aventure, mais ils n'en savaient rien, et puis on oublia.

La carrière littéraire de Virgile s'annonçait très bien, et Virgile ne semblait vivre que pour elle, en bon homme de lettres. Avec Varius, qu'un long poème sur *La Mort de César* avait rendu justement célèbre, avec Gallus, ce jeune homme qui n'avait presque rien publié, devenait un des chefs de la nouvelle école. Car malgré le souci bien légitime de préserver par l'obscurité et l'allusion les droits suprêmes de la poésie, un appel à la simplicité, aux ressources d'une langue ordonnée et claire, commençait à se faire entendre. Mécène n'en continuait pas moins à chanter les parures féminines et à jongler avec les mots enluminés. Mais Virgile et Varius gagnaient du terrain sur l'équipe littéraire.

Octave se mêlait parfois à eux. Il écrivait, lui aussi, par délassement. Tout le monde écrivait à cette époque. Il lançait de dures épigrammes à Pollion, qu'il n'aimait pas et qui était l'ami d'Antoine. Pollion pâlissait et ne répondait rien.

— Pourquoi ne pas lui répondre ? lui demandait-on.

Alors il souriait avec bonne grâce et répliquait avec un geste :

— Il est dangereux d'écrire contre qui peut proscrire.

Et le jeu de mots le consolait suffisamment. Ces petites querelles littéraires firent comprendre à Virgile, qui était prudent et manquait même parfois de courage véritable, qu'il vaudrait mieux fréquenter Mécène que Pollion. Chez Mécène on rencontrait

Octave, tantôt aimable et condescendant, tantôt fermé, l'œil ailleurs, et son jeune visage contracté. Chez Pollion, on ne rencontrait que des ennemis d'Octave. Virgile espaça ses visites. Pollion, olympien, ne s'aperçut de rien.

Le succès de *Silène*, les amitiés illustres de Virgile, tout cela le poussait à écrire. Il avait fait maintenant une dizaine de poèmes assez longs, que ses amis tenaient pour très beaux. Il songeait à les réunir pour les publier, puis pour les oublier. Une fois ces pastorales charmantes livrées au public, il aurait la route libre pour autre chose. Son passé, autant que son avenir, lui gagnaient chaque jour de nouveaux amis. Il savait bien, lui, qu'il n'était plus le jeune homme aux désirs sans limites des années disparues, qu'il perdait tous les jours la souplesse de son esprit et de son corps. Alors, il tâchait à se rajeunir dans la gloire littéraire et l'amitié. Alexandre, Gallus, Cythéris, Plotia Himeria, Varius, Quintilius, devenaient les soutiens miraculeux de sa fuyante jeunesse.

A vivre avec les témoins de son proche passé, et seulement ainsi, il pouvait maintenir en effet autour de lui le nécessaire climat de la jeunesse, qui est un climat d'amitié. Car il était sensible à la fuite du temps, dès à présent, et ne pouvait l'oublier qu'avec ces amis si divers qui n'auraient jamais l'idée de le trouver vieilli, puisqu'ils étaient ses contemporains ou ses aînés. Lui-même pouvait-il les séparer de ce long cortège de souvenirs où ils jouaient leur rôle comme jouaient le leur les paysages et les livres d'autrefois ? Tout cela garderait éternellement l'aspect de la jeunesse sous lequel il avait tout découvert, la première fois. Et c'est pourquoi il ne pouvait vivre qu'avec ces héros vainqueurs du temps, qui le protégeaient du monde et de lui-même, avec les jeunes gens qui l'aimaient et formaient son groupe.

Comme presque tous les grands écrivains, Virgile appartenait à un groupe. Il ne faut pas dire un cénacle, bien qu'on s'occupât beaucoup de littérature dans ce groupe, parce que cénacle implique des idées trop exclusivement littéraires. Un cénacle, c'est une variété du genre groupe. Le groupe est quelque chose de plus vivant et de plus large, qui s'apparente à la famille. Qu'on ne pense pas que les amateurs d'histoire littéraire aient le dernier mot : ils ne peuvent que rechercher comment un tel a eu de l'influence sur tel autre, et ce qu'on faisait à telle date dans la boutique d'un troisième. Ils sont incapables de retrouver ce qui est essentiel, l'atmosphère générale du groupe ou de la famille. Oui, bien sûr, telle occupation était familière, tel livre a été lu en même temps par Plotius, par Virgile, par Quintilius : c'est peut-être Quintilius qui l'avait passé à Virgile, et il n'aura pas été content parce que Mécène avait fait une tache sur son exemplaire rarissime de Lucrèce. Mais l'important est de savoir comment tout cela faisait partie de leur vie : l'important n'est pas que le pythagorisme, le platonisme les ait influencés, l'important est que si Mécène ou un autre rencontrait Virgile, il pouvait, dans la conversation, au hasard, glisser un « Mais oui, mon cher Socrate » ou un « Je t'approuve entièrement » qui les faisait éclater de rire tous les deux, parce qu'ils auraient pu citer le dialogue et la ligne même du dialogue où se trouvait cette phrase insignifiante.

C'est cela, l'essentiel d'un groupe : ce ne sont pas les grandes influences sérieuses, c'est le fait qu'un certain nombre de mots, de chansons, d'inflexions de voix sont devenus des mots de passe, des signes de reconnaissance. Au détour d'une phrase, on imite la voix d'un acteur, on évoque un événement inconnu de tout autre, et on se sent faire partie du même univers. Que les événements soient matériels ou intellectuels, peu importe, et la beauté du groupe, c'est de ramener une dissertation intellectuelle à la haute et saine valeur d'un repas avec des copains. On en parle sur le même ton, parce que ce sont les aspects d'une même vie. C'est ainsi que le groupe s'apparente à la famille, où on raconte intarissablement des histoires sur des personnages presque mythiques dont l'étranger ne sait pas le premier mot. Je suis bien persuadé que la moitié des allusions de Virgile nous échappe, et que nous lisons parfois des vers très clairs, mais dont nous ignorons le sens principal : car le sens principal est seulement celui que pouvaient comprendre trois ou quatre amis des écoles de Naples, et qui les faisait sourire à la lecture du poème.

Enfin, le groupe ne ressemble pas seulement à la famille parce qu'il est un univers fermé, mais parce qu'il délègue un représentant devant les temps futurs. Si des amis se sont unis d'amitié à Milan, à Rome, à Naples, s'ils ont bu ensemble dans de basses petites tavernes enfumées, s'ils ont promené leur volubilité interminablement dans les rues romaines jusqu'au petit jour, les nuits de grande discussion, c'est pour que l'un d'eux, Virgile, aille figurer le groupe à travers l'éternité. Ils se sont sacrifiés, sans croire même qu'ils se sacrifiaient, sans croire qu'ils donnaient quelque chose à Virgile, parce que Virgile leur donnait tout, lui aussi. Tout grand écrivain, c'est d'abord une famille morte, et puis, c'est une équipe.

Quelquefois l'équipe a de la chance, et passe tout entière, avec armes et bagages, à la postérité. Le cas s'est produit au moins une fois, en 1660. (Mais nous ignorons ceux que l'équipe prédestinée abandonna en route.) Toutes les autres fois, il faut chercher autour du rayonnement du jeune Virgile, les amis des Ecoles ; autour de Ronsard, les disciples de Dorat au collège de Coquerel ; autour de Hugo, les frères qui jouaient aux Feuillantines et les écoliers qui voulaient concourir aux jeux floraux, avant le salon de Marie Nodier. Et c'est la légitimation des cénacles.

Il y avait aussi cet ami nouveau qui s'appelait Horace.

Jeux alternés

C'était un petit homme myope, rond, court et vif. Il riait, aimait le vin, les belles filles, le goût du pain. Il avait des vulgarités, des plaisanteries faciles. Il se plaisait à l'emphase affectée et truculente. Il était drôle — et un peu plus.

Il se nommait Horace. Il était né à Venosa en 65, c'est-à-dire cinq ans après la naissance de Virgile. Son père était de condition très humble, mais avait pu s'enrichir un peu et acheter une charge d'huissier aux ventes publiques. L'enfance d'Horace s'était écoulée sur les rives de l'Ofanto, et dans les campagnes de Forenza dominées par la citadelle d'Acerenza. Les bois de Banzi, la montagne, la source Bandusie qu'il aimait, avaient entouré son enfance de pastorales et de sensualité terrienne, comme le fut celle de Virgile. Ensuite, il avait étudié à Rome, puis à Athènes. Là, il retrouva le climat le plus merveilleux qui ait jamais baigné une civilisation, et écrivit des vers grecs. Il buvait aussi le vin de Chio et apprenait l'amour avec des filles qui ressemblaient à celles du Parthénon.

Pendant son séjour à Athènes Brutus fit sa connaissance et l'enrôla comme officier de sa suite. C'est ainsi qu'Horace prit part à la bataille de Philippe où les meurtriers de César furent battus par Octave. Il ne brilla d'ailleurs pas par son courage, et ne fut pas le dernier à donner le signal de la fuite. Après la bataille, suffisamment rassasié de gloire militaire, il rentra en Italie.

Certains de ses amis s'étaient soumis ouvertement au vainqueur. Pour lui, il préféra l'obscurité, n'ayant pas la force de lutter contre Octave et Antoine, et ne les aimant pas assez pour les soutenir. Son père était mort, lui laissant peu d'argent. Ses biens allaient être confisqués. Il acheta une charge de fonctionnaire du Trésor et se mit à regarder autour de lui.

Il aimait le plaisir et ses premières expériences furent pour le monde où l'on s'amuse. C'était un assez beau garçon, avec des yeux noirs, des cheveux bouclés, des traits réguliers, et une très grande vivacité. D'autre part, il n'était pas dévoré par les scrupules. Il commença par se faire entretenir par une vieille dame de grande famille, qui payait assez bien. Mais il préféra vite la jeunesse et s'en alla chez les courtisanes. Il y prit une notion un peu ironique et méprisante de la femme, à laquelle il resterait sans doute fidèle toute sa vie et se mit à devenir un parfait célibataire.

Il n'était pas très riche et jouait les amants de cœur. Aussi, il vivait dans une atmosphère de cris, de disputes, de réconciliations passionnées, de plaisirs entre deux portes, et de serments éternels, qui l'amusait beaucoup. Il coudoyait là des artistes connus, le chanteur Tigellius de Sarde, des amis d'Octave. Il apprenait la valeur de l'argent, mais il apprenait aussi à le mépriser. Il apprenait d'ailleurs à mépriser beaucoup de choses.

C'est dans cette vie de bohème qu'il commença à se faire un nom. Il critiqua violemment les mœurs qu'il avait sous les yeux dans quelques satires qui circulèrent sous le manteau. La plus violente fut celle qu'il écrivit sur la mort de Tigellius de Sarde, qui était un ami personnel d'Octave : à cette occasion, il bafouait, en les nommant par leur nom, les courtisans du nouveau pouvoir, les amis les plus proches d'Octave, le grand historien Salluste, et égratignait cet efféminé de Mécène lui-même.

Cela fit du bruit. Virgile et Varius étaient les commensaux de Mécène, les obligés d'Octave. Cela ne les empêcha pas de songer qu'un talent aussi vigoureux était intéressant à connaître. C'est ainsi qu'ils se lièrent avec Horace.

Tout de suite, il plut beaucoup à Virgile. C'était un esprit extraordinairement clair. Intimement persuadé que la vie était courte, il retaillait ses espoirs à la longueur nécessaire, et mettait tout son plaisir à la joie des sens, les paysages mesurés et la beauté.

Virgile en parla à Mécène. Celui-ci était trop habile et trop intelligent pour objecter certains vers de certaine satire. D'autre part, Horace ne mettait certainement aucune objection de principe à connaître un homme qu'il avait raillé sans y attacher trop d'importance. Mécène était connu pour sa table et l'accueil qu'il faisait aux écrivains. Virgile et Varius présentèrent Horace à Mécène. L'accueil fut assez froid. Horace, un peu troublé, ce qui n'était guère son habitude, balbutia quelques mots sans suite. Mécène, parfaitement maître de lui et sans aucune ironie visible, l'interrogea sur sa famille, sur ses projets. L'autre fut très franc, ne cacha rien de sa naissance peu illustre et de ses amitiés trop illustres. Lorsqu'il se retira, il eut nettement l'impression que malgré Virgile et Varius, il ne reverrait jamais Mécène.

Ceci s'était passé au printemps de 38, et un silence de neuf mois avait écarté Horace du cercle de Mécène. De toute évidence, celui-ci attendait des démarches et des reniements qui ne vinrent pas. Horace n'avait pas bougé, avait continué à écrire, n'avait jamais attaqué ses anciens protecteurs, Brutus et Cassius. Ce courage et cette indépendance avaient plu à Mécène. Pensant que l'expérience était décisive, il avait écrit une lettre charmante à Horace et celui-ci était maintenant, comme Virgile ou Gallus, un des hôtes les plus assidus de sa maison, et l'animateur le plus joyeux de ses soirées.

Pourtant, ce n'était pas seulement l'aimable garçon tolérant qui chante après boire. Il était très instruit et jugeait avec un bon sens un peu rude, sur qui les fioritures ne prenaient pas — ce qui ne l'empêchait pas de pardonner à Mécène sa préciosité effrénée, et sa débauche barbare d'or et de pierreries. Il était aussi autre chose que le charmant et ironique ciseleur de poèmes délicieux où s'affrontaient son goût pour les femmes et son impertinence devant l'illogisme qu'il leur attribuait.

Cet esprit facile, qui s'était très vite lié avec Mécène à cause d'un épicurisme commun, avait des idées fort arrêtées, et bien carrées, dont on ne l'aurait pas fait démordre : une bonne dose d'orgueil d'abord, car il savait bien que ce qu'il faisait de main d'ouvrier, personne encore ne l'avait fait. Mais aussi l'amour de la technique : il se passionnait pour l'ajustement et l'emboîtement des mots comme un bon ébéniste pour ses bois. C'était chez lui un sentiment tout populaire, un peu fruste, qui n'allait pas sans agrément ni parfois sans grandeur. Et il était volontiers méprisant pour ses prédécesseurs dans le métier, pour la concurrence.

Et puis, il était solidement persuadé que sa patrie était très grande et qu'il fallait la soutenir. Aussi était-il d'avance tout prêt à mettre au service de Mécène ses bons outils, sans vergogne ni retard. Même s'il n'y était pas très habile, il saurait servir. Au fond de lui, bien ancrée à un patriotisme dur comme roche, il y avait peut-être l'idée que la littérature qui n'est que de la littérature est un jeu. Cela ne l'empêchait pas d'adorer les règles compliquées de ce jeu, de le jouer en conscience, et d'écrire autre chose que des tracts de propagande.

La vie reprit sur un autre rythme avec lui. Les questions littéraires cessaient d'être des thèmes proposés à un salon pour devenir le sujet d'une conversation à bâtons rompus, entre copains. Une bonne humeur, une santé robuste, naissaient de la personne d'Horace, et Virgile s'en trouvait ravi. La réalité s'introduisait par la porte avec ce bon garçon qui parlait d'un petit vin sec, de la couleur des épaules de Lalagé et des petits cris que poussaient Inachia ou Chloé dans l'amour. Ce n'était plus uniquement la littérature, mais les transformations des bas quartiers de Rome par Mécène en promenades élégantes, mais les rencontres de personnages assommants, les farces des étudiants, et le prix des choses au marché, qui devenaient le sujet des conversations. Horace n'était pas très riche, se nourrissait de légumes, de pois secs et de petits gâteaux, et Virgile allait quelquefois chez lui, manger dans de la vaisselle de terre commune, quelques repas fort simples. On parla longuement avec Mécène des postes que pouvait ambitionner Horace. Mais il déclara tout net qu'il préférait la tranquillité et l'oisiveté de son métier de petit fonctionnaire aux honneurs trop fatigants. Il chérissait trop cette précieuse médiocrité dans laquelle il vivait pour y renoncer. Il n'en continuait pas moins à fréquenter ce salon élégant, ce monde artificiel. Mais il y était à l'aise immédiatement, blaguait Mécène lorsqu'il y avait trop d'ail dans le gigot et lui souhaitait de voir toujours les femmes refuser des baisers, composait des épitres intentionnellement gourmées et prétentieuses, chantait la dernière chanson à la mode, et proposait des promenades.

Son amitié fut une des plus utiles qu'ait jamais connu Virgile. Il quittait, avec ce garçon réaliste qui ne voulait rien voir que par lui-même, un monde par trop imaginaire. Il apprenait ce qu'il oubliait dans les discussions littéraires, le sens pratique. Bien sûr, son hérédité paysanne l'écartait des traditionnels écarts du rêve qu'on attribue au poète, mais sans la connaissance d'Horace il n'eût plus été retenu au monde réel que par une sensualité et un amour de la terre qui se gâchaient au contact des livres. C'est ainsi que de belles amitiés — Gallus, Horace — lui apprenaient tour à tour le bon sens et la passion, qu'il aurait eu du mal, peut-être, à inventer ou à conserver lui-même.

Ce qui devait arriver arriva. Lorsque la provision d'amour fut épuisée, Lycoris quitta Gallus sans autre forme de procès, et partit avec un bel officier. Virgile avait prévu depuis longtemps la chose, mais le coup fut assez rude pour son ami. Lui-même, il souffrait d'une souffrance ingénieuse et délicate, où se mêlaient son amitié et le regret de cette femme voluptueuse et admirable dont il ne séparerait plus le souvenir de sa première rencontre avec la gloire.

Il sentait, à voir souffrir son ami, la joie de cette tranquillité égoïste qu'éprouve celui qui ne souffre point, en même temps que cette envie qu'on a pour une belle souffrance et des larmes vraies. Ce jeune homme, avec qui il avait accoutumé de vivre et de penser constamment, se séparait désormais de lui, pour atteindre à de brûlantes hauteurs où il se plaignait seul. Et Virgile, étonné, lui découvrait un nouveau visage, et se disait qu'il ne l'avait jamais compris. Lorsque, devant son esprit ardent à la passion, son orgueil, son désir de dominer, il pensait à Catulle, il y pensait comme à une juste comparaison littéraire. Il n'y pensait pas comme à une réalité.

Il n'aurait jamais cru voir son ami ainsi esclave d'un insurmontable amour, et aurait volontiers songé qu'en lui la volonté eût été plus forte. Il ne l'eût jamais imaginé suivant avec attention la campagne du Rhin, parce qu'elle était aux armées, et se demandant avec angoisse si elle ne souffrirait pas trop du froid ou de la guerre.

Avec son intelligente curiosité, il étudiait au plus près cet admirable mécanisme de l'amour, ne se lassant jamais de découvrir un homme. Une chose l'émut profondément par sa puérilité. Gallus vint lui demander un poème : un poème où il parlerait de lui et de celle qui était partie, un poème du genre de ceux que Lycoris avait aimés. Virgile objecta qu'il ne pensait plus faire de vers de ce genre et qu'il avait d'autres idées. Mais Gallus voulait, dans cette même forme savante et pleine que le *Silène*, quelque chose que pût lire Lycoris, de beaux vers amoureux, qui, peut-être, qui sait ? la feraient songer à lui, revenir...

Une simplicité pareille, de la part de cet ami intelligent et vaniteux, un abaissement aussi pitoyable, rappelèrent à Virgile ce que sa curiosité oubliait parfois, qu'il avait un ami, et que cette amitié était belle.

Il écrivit une dernière pastorale, y mit tout ce qu'il savait de beauté contenue, de nature apaisante, d'amour, et l'offrit à Gallus. Cet amour qu'il ne connaissait pas, il trouva pour le décrire des mots d'une nouveauté et d'une fraîcheur parfaites : il conduisit autour de Gallus, pour le consoler, les dieux et les nymphes des bois. Il lui rappela la gloire, ancien objet de ses soucis, en citant quelques beaux vers de lui, de manière à faire entrer la vanité littéraire dans la consolation. Il fit lever l'étoile du soir, tomber l'ombre sur les moissons, tresser la corbeille de jonc, entourant une plainte admirable de paysages familiers et de besognes pures. L'arbre portait, gravé dans son écorce, le nom des anciennes amours, et le berger chantait sur une flûte enrubannée. Et toutes les précieuses faussetés de la pastorale trouvaient dans son amitié la perfection même de leur spécieuse beauté.

Pastorales

L'éternel et brûlant été avait reparu. Les marches de marbre des antiques palais étaient glacées de dure lumière cassante, les enfants qui jouaient sur les places étaient éclaboussés de paillettes, comme s'ils s'étaient roulés dans une charrette à foin, et la mer, la courbe mer tremblante, montait et descendait au long des noirs rochers troués. Virgile avait retrouvé son pays, celui qu'il n'aimait peut-être pas du même amour sans raison que le Domaine disparu, humide, verdoyant et pernicieux, mais celui du moins où son corps retrouvait sa force, sa religion première et son aisance.

Nulle lumière jamais ne serait plus belle au monde que cette lumière napolitaine, haute, pure, jamais voilée, et cette joie d'exister, simplement d'exister, d'un peuple qui n'a pas besoin de feu, à peine de nourriture, et qui, sec et joyeux, vit dans cet air miraculeux, cette lumière. Une lumière qui n'est pas belle seulement par les nuances qu'elle met sur les choses inégales, les petites ombres qui estompent un mur en moellons, la dure ligne noire d'un arbre, comme toutes les autres lumières, mais une lumière qui est belle par elle-même, belle et rayonnante, même quand elle tombe à plat sur une surface sans aspérité où l'ombre puisse s'accrocher, belle sans aucun des petits trucs qu'emploient les autres lumières pour se faire de faciles repoussoirs.

Il était donc revenu dans ce pays, ayant quitté sa maison de Rome, ses amis littéraires, le cher Horace, et Mécène, et Gallus, qui ne se consolait pas. Après cette expérience de vie mondaine, il avait été fatigué, des malaises connus l'avaient pris. Le climat romain faisait son œuvre. Il revint donc, ayant reçu d'Octave une maison dans la baie de Naples. Et devant le paysage chargé de lumière et de souvenirs, il essayait de retrouver sa jeunesse.

Il voyagea. Il connut la Sicile de Théocrite, avec ses grandes villes élégantes, ses souvenirs grecs, de beaux temples polis par un temps précieux. Il connut toute cette côte du sud de l'Italie depuis Naples et le golfe de Tarente où les élégants, abandonnant pour un temps Baies et la côte enchantée, se donnaient rendez-vous.

C'est dans cette dernière ville, où il se fixa quelque temps, qu'il publia les *Bucoliques*.

Il avait donné à son livre un titre grec, et ce titre, dès l'abord, le plaçait dans un monde savant et artificiel. Ces poèmes, dont plusieurs étaient déjà connus, délimitaient soudain, par le seul fait d'être ainsi réunis, une province parfaite du rêve. Ces dix pièces de vers, alternées de façon factice — dialogue, monologue — devenaient un modèle de fausseté délicieuse à quoi désormais il faudrait bien ramener une suite incalculable d'autres poèmes.

Ce n'était pas que leur originalité apparente fût extrême. Rien n'y pouvait étonner un des tenants quelconques de cette avant-garde littéraire de l'époque qui s'était donné pour loi l'imitation d'une littérature étrangère et mystérieuse. Tous les tics, tous les défauts, tous les trucs qui constituaient la marque d'une œuvre moderne, s'y retrouvaient. Les lettrés y saluaient au passage la traduction d'un vers grec ou, en tout cas, y reconnaissaient les préoccupations actuelles qui composent la mode.

Le manque de composition, l'amas de légendes étrangères accumulées en des vers mal liés, y paraissaient toujours un des éléments essentiels de l'art. De même, on y lisait nettement « l'inquiétude de la jeunesse contemporaine », « la hantise du surnaturel », la foi dans « le progrès humain », l'amour de « la paix universelle », et le désir de « la simplicité », toutes choses dont on parlait entre gens de lettres et qui formaient de si beaux thèmes de discours. La recherche des doctrines rares (mystères, pythagorisme, orientalisme) ou suprêmement à la mode (épicurisme) y produisait de beaux résumés, assez peu profonds, mais qui étaient des signes de ralliement commodes pour tous les lettrés de l'année. Car les hommes de lettres sont dominés par le double désir d'être originaux et de se référer à un certain programme dont la connaissance les transforme en clan d'initiés. Ils veulent être les premiers de la classe, mais ne sont jamais si contents que lorsqu'ils peuvent parler entre eux du sujet de la composition de la veille ou du devoir du lendemain.

C'est ainsi que Virgile était parfaitement sûr d'être compris de ses amis, puisque les rêves d'âge d'or ou les allusions peu précises, faisaient partie d'un fonds commun à la franc-maçonnerie des hommes de lettres.

A la faveur de ces qualités charmantes d'écrivain moderne (il est vraiment des nôtres, dirait-on), il se permettait d'apporter une ou deux choses qui lui appartenaient en propre. C'était tout d'abord un univers qui, malgré l'apparence, était plus loin de Théocrite que de n'importe quel écrivain. Car les bergers ne menaient plus que des troupeaux de Trianon, au cou noué d'un ruban bleu. Leurs disputes se soumettaient aux lois du genre, — ce genre que créaient les poèmes et qui devenait, pour les académies futures, le genre bucolique. Ils se mêlaient aux discussions littéraires de leur temps et se moquaient de Bavius et de Moevius. Ils savaient qu'Octave était tout puissant, ils avaient des rapports avec les magistrats et les généraux. Et ce qu'il y avait de plus curieux, était de voir à quel point tout cela, qui aurait dû les rattacher vigoureusement à un monde actuel et fortement visible, accusait leur caractère de fantôme. Car ces gens qui suivaient sûrement des routes bien pavées et connaissaient le nom de leurs conseillers municipaux, menaient la vie la plus délicieusement impossible. Les bergers cultivés passaient leur temps comme des princes de roman, à des distractions futiles et nobles : comme jouer de la flûte, énoncer des appréciations sur les poètes du jour, faire l'amour et surtout en parler. Ils remplaçaient l'énergie et l'activité par l'emphase des paroles et des serments. Ils éprouvaient le besoin constant, pour se hausser sur leur petite taille, d'appeler à leur aide la mer et la terre entière, tous les peuples et les orages. Par des comparaisons factices et froides, ils se liaient à chaque instant à l'univers sensible, créant des équations compliquées entre le loup et le troupeau, la pluie et la moisson, le vent et les arbres. Amaryllis et leur pauvre cœur. Et ce monde inutile et fleuri, il semblait bien dès à présent que Virgile avait été un des premiers à en trouver la clef.

Le charme pourtant, n'en était pas uniquement artificiel. Si l'on pouvait éprouver des joies très pures, à suivre l'ironique fantaisie des déclamations, à entendre ces héros bien vêtus désirer, comme plus tard ceux de l'*Astrée*, le Rhodope et le pays des Garamantes (gravures cocasses, hommes sans tête, monstres puérils), toutes ces parures baroques se joignaient à une mythologie plus ravissante. Le jeune berger qui offrait dix pommes d'or à l'enfant qu'il aimait, se rattachait à une tradition de contes de fées plus naturelle et plus populaire. Ces pommes d'or reparaissaient dans plusieurs poèmes, comme pour ramener, avec elles, l'oiseau qui parle, l'arbre qui chante, les sept filles du roi, ou bien encore le chêne enchanté et la roche magique dont parlent les jeunes gens dans Homère. Ce seul mot ressuscitait pour les lecteurs, un univers enfantin et délicieux.

Mais d'autre part, ces héros qui n'avaient rien autre à faire que l'amour, avaient fini par y acquérir une science certaine. Leurs plaintes et leurs tourments rejoignaient une vérité admirable, plus parée, certes, moins nette que dans les poèmes de Catulle ou dans Euripide et Apollonios, mais suffisamment passionnée et charnelle. Corydon et Gallus, dont Virgile n'avait pourtant jamais ressenti les tourments, trouvaient les mots puérils, pitoyables, qui faisaient à la surface des ornements mythologiques affleurer une réalité dénudée et forte. Et ils étaient pourvus de cette essentielle lucidité tragique, qui ne laisse rien ignorer à Phèdre ou à Médée de leurs pires contradictions.

Enfin, le charme le plus évident de ces poèmes venait de leur force paysanne et sauvage. Quelle que fût la beauté des personnages, elle était anéantie par la beauté des décors. Et cette beauté éclatait partout, au détour d'un vers, là où on ne l'attendait plus après tant de préciosité et de science. Une sensualité mélancolique donnait désormais à Virgile l'imprenable suzeraineté de certains paysages, de certaines plantes : une prairie, un hêtre, les roseaux d'un lac que le soleil frappe et qui brille, un village lointain qu'on devine à ses feux, un horizon barré par les montagnes, c'était ce qui lui appartenait à jamais. Il découpait, dans la terre réelle où il vivait, ce domaine adorable et triste, qui ressemblait tellement à celui de son enfance, car nous ne pouvons rien imaginer de plus beau que le domaine de notre enfance. Et il découpait aussi une heure dans le temps, une heure qui serait pour toujours l'heure de Virgile. Théocrite prend midi, pour que le soleil délimite précisément une nature nette, pour que les cailloux secs chantent sous la chaussure du voyageur, pour que les moissonneurs endormis fassent de beaux groupes sous les arbres. Virgile, et cela seul suffirait à le séparer de Théocrite, choisit l'heure du soir, et devient immédiatement le prince et le magicien des crépuscules. Tityre et Mélibée commencent leur repas de laitages et de châtaignes à l'heure où l'ombre, du haut des monts, déjà grandit et tombe, Corydon termine ses plaintes lorsque les jeunes taureaux rapportent les socs pendus à leur joug, Ménalque et Damoetas chantent au moment où l'on cesse d'arroser les prairies ; Silène lui-même se soumet à l'heure de l'étoile du soir et du retour des troupeaux, et Lycidas, et Gallus, s'arrêtent lorsque la nuit tombe et que les arbres deviennent indistincts.

Un défaut, encore peu visible, commençait à se distinguer, et l'on pouvait craindre que cet amour de la nature et des grands paysages simples, n'amenât des oppositions faciles entre la vie de la cité et la vie des champs. Une morale de concours agricole et de distribution de prix s'ébauchait par moments dans ces admirables poèmes sensuels. C'était là quelque chose de particulièrement cher à Virgile. Son amour du sol natal s'exprimait tout naturellement dans cette regrettable et conventionnelle opposition qui s'appuierait sur les arguments les plus faux et les plus rebattus. Mais cette philosophie simpliste et cette sentimentalité de romance — une chaumière et un cœur — étaient heureusement encore endiguées par la jeunesse de Virgile. Plus tard, lorsque sa sensualité serait moins vive, lorsque sa culture serait moins naïvement apparente, que ses réactions seraient plus lentes, ce moralisme foncier apparaîtrait davantage. Il faut dire, d'ailleurs, que personne, autour de lui, n'eût songé à l'en blâmer et qu'il avait peut-être, dès à présent, un autre but que poétique.

Quoi qu'il en soit, avec leurs gros défauts et leurs qualités, les *Bucoliques* étaient une œuvre qui existait. Quelques-unes d'entre elles étaient d'une noblesse de ligne et d'une pureté qu'aucun poème peut-être n'avait eues depuis les grands poèmes grecs. Le premier, et surtout le neuvième de ces poèmes, c'est-à-dire ceux que Virgile avait composés le plus simplement sur le Domaine perdu, avaient cette franchise, cette élégance indéfinissables, qui viennent de la plus éminente dignité de la poésie. Il n'y disait rien que de simple et de commun, mais le disait dans cette forme presque décolorée, rendue à l'exacte et première nudité qui plus tard, serait celle de Racine. Et comme chez Racine, au milieu de ces banales et touchantes aventures, un vers de temps en temps — évoquant le hêtre, la jeune fille Amaryllis, la prairie inclinée, l'ombre — ouvrait des domaines inconnus au rêve. Car les rêves les plus beaux sont ceux qui sont profondément enracinés dans le réel et dont le décor est le plus visible. Ainsi, d'une maison d'école, d'un petit paysan, et des grandes routes perdues, Alain Fournier a fait le *Grand Meaulnes*.

A Rome, ses amis lisaient les *Bucoliques*. Virgile, modeste, se tenait à l'écart d'une œuvre qui ne tenait déjà plus à lui par bien des côtés. Pour si charmante que soit cette préciosité, il s'était, avec l'âge, dépouillé de plus en plus, et avait maintenant une autre idée de la poésie. Aussi les *Bucoliques* lui plaisaient-elles comme lui auraient plu les poèmes d'un autre que lui, mais non autrement.

Car, à l'écrivain qui vient de publier un livre, son livre ne correspond déjà plus. Ce n'est pas le refaire, le corriger, qu'il voudrait, lorsque de ces pages mortes se lève une déception. C'est faire autre chose. Il ne comprend pas en quoi tout cela l'a intéressé, il lui semble donner de lui-même une idée mince et fausse : ce n'est pas cela, lui-même ; c'est ce qu'il fera demain, aujourd'hui, et non pas ce qu'il a fait hier. Demain, il commencera à écrire : tout ce qu'il a fait jusqu'à maintenant n'est qu'exercices, et il en a un peu honte. A chacun de ses livres futurs, l'écrivain croit débuter. Et Virgile débuta réellement jusqu'à la fin de sa vie.

D'ailleurs, en se promenant à l'entour de Tarente, il avait rencontré le bonheur.

Un bonheur admirable et simple, et non toutefois ascétique, la véritable sagesse telle que l'aurait aimée son ami Horace. C'était, non loin du noir fleuve qui rayait les champs dorés, un jardin conquis sur le sol rebelle : quelques légumes y poussaient, et les planches étaient bordées de lis, de verveine et de pavots. Des ruches rappelaient à Virgile son père et son enfance. Des tilleuls et des pins mêlaient leurs parfums entêtants et salubres, des poiriers durs, des pruniers, fléchissaient sous les fruits. Et près de la maison, était un platane à l'ombre duquel on pouvait boire.

Le maître du jardin était un vieillard, un sage. De ses conversations, Virgile rapportait le modèle d'une vie plane, ensoleillée, simple. Les fruits d'été, ses vertes plantes, la fraîcheur de l'air, étaient les seuls désirs dont un être humain dût subir l'esclavage. Hormis ces biens précieux, le vieillard lui apprenait l'indépendance du sage, c'est-à-dire la modération, l'attachement au sol natal, et la beauté d'une vie aux travaux faciles. Toutes ces besognes familières qui ancrent si solidement dans la vie pratique des responsabilités, éloignaient le rêve trop exclusif, et se paraient pourtant d'une beauté comme logique. Et Virgile se prenait à rêver d'un jardin où il vivrait comme le vieillard de Tarente, sans nul souci que de greffer ses poiriers ou d'inviter Horace à boire sous les platanes. Si pour lui, du moins, d'autres goûts moins purs le retiendraient longtemps encore dans l'esclavage délicieux et pesant du monde, ne devait-il pas indiquer aux autres que le bonheur véritable était là ? La terre ne souffrait-elle pas justement parce qu'il n'y avait que cet homme qui possédait la sagesse ?

Le Voyage de l'amitié

Virgile était revenu à Naples où il habitait dans la maison que lui avait donnée Mécène. Il retrouvait les beaux jours, et les livres. Autour de lui, maintenant, s'étendait un pays dont il connaissait de mieux en mieux la diversité lumineuse et émouvante. Beaucoup plus que les gentils bergers qui s'occupaient d'amour, ce pays méritait de devenir le personnage principal d'une grande œuvre. Ce pays, avec ses moissons, ses grasses terres, ses oliviers pâles, ses chevaux, avec toute son abondance matérielle et puissante. Et aussi, plus tard, ce pays avec ses légendes, son histoire et les souvenirs héroïques qui se levaient derrière chaque village ou chaque courbe de ruisseau.

Il se prenait à aimer un art fruste et sans ornements qui aurait décrit en mots très simples les travaux les plus nus et les sensations les plus élémentaires. L'odeur de la terre, le rugueux d'un arbre, la ligne d'une colline, n'était-ce pas assez, sans qu'on allât chercher encore des légendes et des sentiments alambiqués ? Le vieillard de Tarente avec son jardin arrosé et ses légumes, ne lui avait-il pas appris, en même temps que la sagesse, la beauté véritable ?

Il lisait un vieux poète peu aimable, qui avait récité ses vers il y a fort longtemps, dans une bourgade de l'antique Grèce. Un curieux bonhomme sentencieux et méticuleux, qui avait dressé un catalogue de divinités, ramassé des histoires et qui avait plaidé avec minutie la cause du travail. Au milieu de froides digressions et de puérilités amusantes, Virgile trouvait dans Hésiode un sentiment de la terre admirable et lourd. Non pas cette précision sensuelle de Théocrite, qui se plaît en artiste au bruit des feuillages incertains, au choc des cailloux sur la route, à la couleur de la lumière, mais la netteté paysanne d'un homme qui vit de cette terre, et ne se contente pas d'en jouir. Il disait l'aube en homme qui se lève matin pour finir sa besogne et fait hâter ses valets de ferme.

L'aube prend le tiers du travail du jour,
L'aube fait gagner du chemin et gagner de l'ouvrage,
L'aube qui, rien qu'à poindre, jette sur les routes
Tant de gens et place au cou de tant de bœufs le joug.

Il ne disait pas l'été pour y aimer la chaleur, la lumière, et la fraîcheur des boissons dans leurs cruches de terre, à l'ombre des arbres. Il disait :

Dans les jours pesants de l'été,
Alors les chèvres sont plus grasses et meilleur le vin,
Les femmes plus ardentes, et les hommes sans force.

Il donnait des conseils religieux avec la minutie d'un lévite du Deutéronome, enseignait qu'il ne fallait pas offrir aux Dieux des libations sans s'être lavé les mains, uriner à l'embouchure des fleuves ou se couper les ongles pendant les sacrifices. Et il ajoutait, après chacune de ces décisions :

Car ce n'est pas bien.

Tout cela plut fort à Virgile. Cela s'accordait trop avec certaines de ses idées, avec les pages qu'il écrivait sur l'amour de la terre, les méthodes de culture, en s'astreignant à la forme la plus simple et la plus serrée et faisant la plus minime possible la part de la littérature.

Il reçut un jour, au printemps de l'an 36, une invitation de Mécène.

La situation politique de l'Italie n'était pas encore éclaircie. Un troisième larron — ou plutôt un quatrième, car Lépide comptait un peu — avait tenté de s'emparer du pouvoir, et le peuple, qui aimait la force, lui était favorable. Il portait un beau nom : c'était le fils de Pompée. A Misène, trois ans avant, Octave avait été obligé de lui céder le gouvernement de la Corse, de la Sardaigne, de la Sicile, et de la Grèce et une forte somme. En retour, Sextus Pompée nettoierait la Méditerranée de ses pirates.

Mais l'accord n'avait pas été observé et la guerre avait repris. Octave avait bien réussi à s'emparer de la Corse et de la Sardaigne, mais il lui fallait une flotte. Pendant qu'Agrippa s'occupait des détails matériels. Mécène, assisté du conseiller Coccéius, négociait un rapprochement avec Antoine. L'année d'avant déjà, Octave était allé à Brindes pour rencontrer Antoine qui n'était pas venu. Les négociations, cette fois-ci, allaient être plus faciles. Si Octave avait besoin de bateaux pour faire la guerre à Sextus Pompée, Antoine avait besoin de troupes pour attaquer l'Arménie qui le gênait. On prit rendez-vous pour se rencontrer à Brindes.

C'est à ce voyage que Mécène conviait Virgile. Ce serait une chose fort simple, et seulement une occasion de se rencontrer, Virgile retrouverait Horace.

Donc, un matin, Horace sortit de Rome par la porte Capène et s'engagea le long de cette illustre voie bordée de villas et de jardins qui joint Rome à Tarente et à Brindes. Il était avec un ami, Héliodore. Le jour était beau, la campagne romaine, avec ses arbres et ses cours d'eau, venait à peine d'être créée, comme le monde lui-même, puisque c'était le printemps. La route était solide et sonore sous les pas, avec ses larges laves bien taillées, les tombeaux fameux sur ses rives et le ciel clair. Horace et Héliodore étaient partis à pied, et des esclaves, ailleurs, devant ou derrière, qu'importe ? traînaient les bagages. Enfin, ils étaient seuls, ils marchaient sur une belle route, un matin de printemps, et ils étaient heureux.

Ils ne devaient retrouver Mécène qu'à Terracine, et Virgile les rejoindrait à Naples. C'étaient de bons marcheurs. Ils couchèrent le soir à Aride, ayant fait six lieues sans peine, dans cette fraîcheur aiguë de l'air, dans le soir flottant, dans les chansons. Le lendemain, à Foro-Appi, le paysage avait changé. Ils avaient vu se lever à l'horizon les coteaux, les bois puis les gorges de Garigliano, les ruines de Sacco, les vignobles de Sezza. Maintenant, c'était un paysage marécageux et maussade, la grise surface des étangs, les pellicules d'eau lourde, crevées par les herbes, la buée légère au-dessus des buissons, l'air âcre qui faisait tousser. L'eau était médiocre, à l'auberge, pour comble de malchance et ils mangèrent très mal. Mais le paysage avait une beauté maléfique et triste.

Lorsque la nuit tomba, envahissant les terres noires, jetant les étoiles au ciel, ils embarquèrent. Un canal qui longeait la Voie Appienne les conduirait au temple de Féronie. Un chahut emplissait l'ombre. Les matelots s'emportaient contre les débardeurs et l'eau épaisse froissée par les remous remuait des bouts de lune cassés.

— Amène de mon côté !

— Tu veux en fourrer trois cents, alors ?

Et les chefs d'équipe hurlaient que ça suffisait et qu'il fallait partir. Sur le bord du rivage, Horace contemplait cette foule qui grouillait dans la nuit, et parlait argot avec les bateliers.

Au bout d'une heure, on partit. Mais il ne pouvait dormir. Des moustiques venaient l'assaillir, les crapauds grognaient dans les marais. Sur le pont, un bruit infernal aurait suffi à éloigner toute velléité de sommeil. Dans la nuit épuisante, des chœurs s'élevaient : des vauriens aux trois quarts saouls, des mariniers, des passagers, chantaient tour à tour leur chérie absente. Pendant ce temps, les mules halaient doucement le bateau le long du canal.

Ce n'est que très tard qu'il put s'assoupir. Les bruits s'étaient tus. Le conducteur des mules, fatigué, avait enroulé le câble à une pierre et s'était couché pour ronfler dans un coin. Seuls, les moustiques continuaient leur petite musique harcelante.

La nuit était venue, très belle, apportée par des bruits, accompagnée de bruits, jamais muette : c'est l'eau du ruisseau qui use ses bords avec un grignotement de souris, c'est le rameau qui casse, le bois qui s'étire, geint et travaille, la bête qui traverse en trombe un tas de feuilles, l'insecte, la feuille bien sèche et recroquevillée qui tombe sur la toile de tente, glisse tout du long avec un raclement de râpe et fait trois petits bonds de sauterelle sur le sol.

Le bateau est immobile. Celui qui ne dort pas, cette nuit de campagne et de plein air, peut entendre le grincement de la branche qui plie, le chuchotement des feuilles qui n'est pas le même que celui des herbes du sol, et apprendre tous ces langages différents, apprendre à avoir peur, aussi, de la peur primordiale, quand on ne sait pas très bien ce qu'apporte un vent froid et soudain, une goutte d'eau, un pas imaginaire et dur qui écrase une branche morte.

La nuit...

Le jour depuis longtemps levé, les mules se reposaient encore. Il fallut qu'un type à tête chaude sautât à terre et travaillât d'une branche de saule les mules et le muletier. La barque reprit son lent glissement au long du canal d'eau rousse, bordé d'arbres. On ne put débarquer que vers dix heures. Horace salua l'arrivée d'un vers classique :

Nous laverons nos mains, Féronie, en ton onde !

Après un bon déjeuner, il reprit sa route. C'est à une lieue de là que Mécène devait les rejoindre. Important et plus minaudant que jamais, le singulier ambassadeur était accompagné de Cocceius et d'un ami d'Antoine, Fonteius Capito, un homme froid et poli. Horace donna quelques regards à la ville, bâtie sur des rochers étincelants. Malheureusement, le soleil et les marécages avaient blessé ses yeux et il dut se soigner.

L'étape suivante en devint sans grâce. Au reste, elle était un peu officielle. On dîna à Fundi, chez un bourgeois gentilhomme assez comique et à Formies.

C'est à Sinuesse que Virgile, venant de Naples et accompagné de Plotius Tucca et de Varius devait rejoindre le cortège. Lorsqu'ils se revirent, Horace se jeta dans les bras de ses amis. Il aimait l'amitié. Il disait toujours, avec ce ton d'affirmation à la fois sentencieux et familier qu'était le sien, brusqué par un enthousiasme et un élan de vie extraordinaires :

— Avoir un bon copain, c'est ce qu'il y a de meilleur au monde !

Virgile, Varius et Plotius étaient ce qu'il aimait le plus au monde : des cœurs purs. Malgré toute sa sympathie pour Mécène, il lui préférait ces gauches et précieux amis : Mécène n'était pas un cœur pur.

Virgile retrouva avec joie ce compagnon merveilleux et cet équilibre parfait de raison et de gaieté. Aucun ami ne lui donnait jamais l'impression de sécurité d'Horace. D'autres pouvaient être plus pittoresques, plus originaux : Gallus avait pour lui, la passion, la violence, l'autorité — et Virgile l'aimait comme sa jeunesse même. Mais Horace — qui était intelligent, raisonnable et sensible — était surtout un être parfaitement clair sur qui il n'avait pas d'inquiétude. Et cette sécurité était la chose du monde la plus rare, sans doute.

Le voyage se poursuivit comme un voyage de copains. Toute impression de mission officielle avait disparu. Beau voyage de Brindes, sur les routes latines, à l'aurore d'un monde nouveau ! Ces jeunes maîtres de l'univers, dans des voitures sans luxe qu'ils quittent aux côtes, pour un lieu frais, pour un ruisseau, pour l'ombre, ou pour vider quelques bouteilles, chantent et rient au moment de faire la paix, comme au moment de faire la guerre. Ils font des plaisanteries lamentables, parodient les classiques comme des écoliers qui fabriquent des stances de Polyeucte et des monologues de Don Carlos, et jouent à la paume sur les terrains de Capoue. Ils boivent frais, ils mangent bien, et Horace invente des épisodes au voyage. Beau voyage de Brindes, rare et beau moment de jeunesse d'une antiquité depuis vingt siècles desséchée.

Pendant la halte à Capoue, Mécène jouait. Mais Virgile avait mal à l'estomac, et Horace souffrait toujours des yeux. Aussi se contentaient-ils de regarder jouer Mécène, de parler et de dormir. A l'étape suivante — les auberges des Fourches Caudines, lieu historique, paysage sévère, halte obligatoire pour les touristes soucieux de l'éducation de leurs enfants — ils s'amusent, le soir, à faire se battre les bouffons de Mécène. En cercle, ils les entourent, et rient en frappant dans leurs mains, pendant qu'Horace improvise un poème épique :

> *O Muse, laisse-moi dire un combat burlesque*
> *Qui jeta Sarmentus sur Messius le grotesque.*
> *Laisse-moi rappeler le sang de leurs aïeux,*
> *Et pourquoi ces héros se disputaient entre eux.*

Et il riait lui-même de ses mauvais vers.

Une route vagabonde semble naître sous leurs pas, franchissant les montagnes, les fleuves. Le dur Apennin ralentit leur allure, mais ils jouissent de ses flancs pelés comme des plaines de Campagnie, fertiles et vertes avec, au loin, la barre de la mer. Un incident marque chaque étape, comme dans les poèmes héroï-comiques où tout est si bien voulu par l'auteur. Bénevent, ce n'est pas la précise ville avec ses murailles, l'ombre de la montagne, et telle rue grimpante, c'est un lieu, vague, une ville de poète et de satirique où ils ont mangé des grives et où ils ont failli brûler la maison de leur hôte avec. Ah ! la fuite des jeunes affamés qui ne pensaient qu'à mettre en sûreté les plats !

Trévise, c'est la métairie où ils se sont enfumés, avec ce foyer où brûlaient des feuilles et des branches humides, et ce n'est pas cette ville et ces montagnes qu'Horace connaît si bien, ces chères montagnes pelées par un brûlant vent d'est, où il a couru son enfance.

Ils ont quitté la voie Appienne. Ils cheminent à dos de mulet, dans des sentiers sauvages et qui sentent bon. Ce raccourci allonge considérablement le voyage, mais puisque ce n'est plus qu'une ambassade de fantaisie... Voici la ville maudite où l'on doit acheter l'eau, voici Canossa où le pain est inimitable. Et Horace chante le goût du pain de Canossa.

Varius les quitte. Les chemins sont mauvais. Il pleut. Il est nécessaire qu'un voyage ait des parties mornes. Celui-là ne manque pas à la règle, et Horace et Virgile, harassés, à demi malades, voient passer, sans y faire attention, les villes désolées, les sentiers où les voitures cahotent.

Maintenant, le voyage est fini. Il n'en reste plus que de quoi nourrir quelques rêves d'un fragment insolite, oublié, qui naît du fagot de Trévise, ou des maigres grives de Bénévent ou de la vigne en fleurs du Massique. Il n'en reste plus qu'une nomenclature sèche, une énumération d'étapes et de plaisanteries refroidies. Puis, plus tard, lorsque les rêves auront fini de chercher dans le voyage les mystérieuses alchimies qui transformeront la route de Bari ou Torre d'Egnazia, lorsque les conversations et les récits ne s'appuieront plus sur l'horaire précis des souvenirs, ce ne seront plus que ces mots incompréhensibles, chargés d'un temps incommunicable, ensoleillés, et luisants de jeunesse, le Voyage de Brindes. Et cette extrême limite des quatre mots nus, sera le signe qu'il est enfin entré dans la perfection et devenu la clé d'un royaume interdit de symboles personnels.

Les travaux et les jours

Virgile avait trente-quatre ans. La vie, maintenant, pour lui, était en palier, avec des occupations définies, l'heure du lever connue d'avance, l'heure du travail, l'heure d'écrire à Mécène ou à Horace, l'heure du plaisir. Il était toujours assez faible, et, malgré sa confiance en la beauté de la vie, assombri parfois, mélancolique. Il se réfugiait alors dans sa solitude — qu'il abandonnait de moins en moins. Il n'était pas fait pour l'action, le savait, et ne s'en jugeait pas pour cela débarrassé de tout devoir.

Avec l'âge, sans doute, sa mélancolie devenait-elle amertume, sa violence et sa cruauté se changeaient-elles en une âpreté froide et parfois méchante. Ce que la maturité apporte n'est bien souvent qu'un durcissement de nos plus merveilleuses qualités, une sclérose de tout l'être. Certainement, Virgile s'éloignait de plus en plus de la vie, à mesure que son métier — la littérature — en prenait la place. Mais il était poète, et retrouvait à tout moment, lorsqu'il voulait écarter l'écrivain habile et l'homme, ce jeune enfant qu'il était resté malgré tout, et qui pouvait apparaître à son gré, souriant, dans un décor magique, lorsqu'on désespérait de le voir et que sa présence était nécessaire. Et le reste du temps, mon Dieu, c'était un homme correct, qui savait organiser sa vie, vendait ses livres, et réussissait sa carrière.

Dans sa maison de Naples, il voyait donc chaque matin, une fuyante journée apporter sa part attendue de soleil, de travail, de sieste dans l'ombre close. Il dictait, dans la matinée, à un secrétaire des vers, tels qu'ils lui venaient à l'esprit, nombreux, rythmés à la marche de ses pas. C'étaient des vers faciles, donnés par les dieux, avec çà et là, un beau vers parfait. L'après-midi, il les corrigeait, se méfiant de son inspiration, et les réduisait à quelques lignes d'une aisance travaillée et bien tissée, où rien ne rompait la trame serrée.

Et puis, il lisait.

Il avait en tête plusieurs projets — ce vaste poème national et épique, d'abord, qui le poursuivait depuis sa plus lointaine jeunesse — mais surtout, un poème à la gloire de la terre. Non pourtant un poème de pure sensualité terrienne, comme certaines œuvres de Théocrite, mais quelque chose qui pût, à la rigueur, être utile.

Pour cela, il voulait que sa poésie fût aussi sérieuse et aussi savante qu'un traité scientifique. Les Alexandrins lui avaient appris que le jeu poétique est un danger perpétuel, et qu'il se joue à la limite des pires difficultés : la lutte contre la matière rebelle (science, philosophie), contre le langage volontairement obscur, contre les règles de plus en plus dures de la versification la plus arbitraire, en étaient le charme suprême et peut-être même la condition. Et il était trop sensible à la beauté de Lucrèce, à celle d'Hésiode, pour que le didactisme, à condition qu'il fût vivifié par une passion, lui parût, par nature, étranger à la poésie.

Aussi se mit-il à lire avec curiosité tous les vieux traités de prose ou de vers qui pouvaient préciser sa courte expérience de la terre. *Les travaux et les Jours*, les vieux ouvrages grecs de Xénophane ou de Ménécrate, *Les Géorgiques* de Nicandre, et ces précis et rudes *Phénomènes* d'Aratos, qui lui rappelaient un Lucrèce sans génie, l'aimable *Économique* de Xénophon, Aristote, Théophraste, Varéon, Caton, et le célèbre livre carthaginois de Magon, lui enseignaient la longue science paysanne.

Il ne leur empruntait pas seulement des documents et la matière de sa poésie, mais aussi parfois la forme. Le plagiat — ou ce qu'on appelle ainsi — n'est pas affaire de paresse ou d'indélicatesse. Ce n'est pas non plus toujours, comme le disent ses défenseurs, affaire de tradition et de modestie. Mais lorsqu'un écrivain curieux lit dans un livre écrit par un autre écrivain telle pensée, ou plus encore telle alliance de mots, tel élan de phrases, qui lui plaisent parce qu'il croit les avoir écrits, il est naturel qu'il se les approprie. Il y a en effet, dans les choses qu'on lit, celles que l'on aime parce qu'on les trouve belles, et celles que l'on aime parce qu'elles se rapprochent d'un idéal personnel. Même lorsqu'il ne tenait pas spécialement à rappeler aux lettrés Homère, Lucrèce ou Théocrite comme un lettré contemporain dira très bien d'une femme qu'elle revit l'ennemi qu'elle avait éloigné sans croire pour cela, plagier Racine, puisque tout le monde connaît les vers de Phèdre, même lorsque ce n'était pas de ces belles réminiscences qui rattachent un poème à une longue tradition, il arrivait à Virgile d'être ému par deux petits mots très simples, invisibles, mais à ses yeux joints d'une manière toute virgilienne. Alors, il ne cherchait pas à dire autrement ce qu'un autre avait dit pour lui et avec des mots d'avance à lui, puisque changer ces deux mots aurait été justement fuir sa personnalité véritable telle qu'il la sentait pour aller de plein gré et volontairement à un art totalement étranger. De même — à supposer que l'imitation des anciens n'eût pas été une loi générale pour son époque — Racine aurait eu raison de transcrire en un français presque littéral le vers d'Antigone mourante chez Sophocle pour en faire une plainte de Phèdre, parce que cette plainte :

Je péris la dernière et la plus misérable

avec ses adjectifs éteints, sa noblesse de langage, et la nudité de sa ligne poétique, était par avance purement racinienne. Et il aurait eu tort de chercher à dire autrement, parce que cet autrement, par nécessité, n'eût pas été racinien.

Il songeait ainsi à des œuvres diverses, où il mettrait toute sa jeunesse, sa mélancolie, l'amour des paysages disparus, des amitiés de jeunes gens, de la gloire, des destinées d'un peuple florissant, des amours mal satisfaites — et aussi toute sa passion, toute sa sensualité, toute sa raison même, avec les sûres certitudes qu'il y découvrait et son pays, et son prince.

Il lisait un admirable poète, Apollonios de Rhodes, chez qui il retrouvait le goût des dangers et le vaste balancement de la mer. Mais dans le récit de ces aventures, il découvrait surtout l'amour. C'était une jeune fille ardente, pure, livrée sans défense, dès le premier pas, à un pillard héroïque. Il la voyait se rouler sur son lit, avec des larmes sur ses joues. Il la voyait, le coffret de poisons sur les genoux, tremblante, aspirant à la mort, et puis, se souvenant des journées humaines, qui sont douces au cœur, et des jeunes filles avec qui elle se promenait dans les prairies, de leurs rires, et de la lumière du jour. Alors, elle enlevait le coffret de ses genoux. Et Virgile était mordu par une brusque joie douloureuse, le cœur serré, la respiration coupée, à imaginer ce jeune corps intact, cette proie toute préparée pour le plaisir, et ces jeux alternés entre la mort et la passion.

Pourtant, ces plaisirs cruels n'étaient pas ce qui l'attirait pour le moment. Lorsqu'il était à Rome, entouré des respects d'une jeune gloire, il parlait avec Mécène, parfois avec Octave. Des conventions avaient été signées, non pas à Brindes, mais à Tarente. Antoine risquait sa gloire à des expéditions lointaines où il se faisait battre dans les monts d'Arménie. Octave gouvernait avec prudence, restituait des terres, et pacifiait les Alpes qui étaient mises en coupe réglée par des bandes de brigands.

A vrai dire, il se considérait déjà comme le maître.

Virgile le regardait encore avec une espèce de terreur. Il sentait combien ce jeune homme était méchant, cruel, se plaisait au sang et aux tortures. Toutes ces tendances exécrables, que fortifiait l'orgueil insensé d'un être porté soudain au pouvoir absolu, il les sentait réprimées par une intelligence prodigieuse, mais toujours prêtes à se montrer.

Et pourtant... l'homme des proscriptions et des parjures, l'homme sans courage physique, sans vertu virile, c'était celui-là qu'il fallait soutenir. Cette cruauté qu'il refrénait, il la refrénait par politique, mais aussi parce que maintenant il se confondait avec le peuple romain. Virgile l'entendait expliquer, avec sa voix têtue, et ses éclairs de colère contre les obstacles possibles, des projets nécessaires : abaisser les grands, créer une indispensable classe moyenne, rétablir les traditions, la religion nationale, renvoyer les paysans aux champs désertés. Et il se promettait de soutenir cet homme, qu'il aimait d'un amour encore terrifié, par tous les moyens.

Mécène, pour qui la littérature n'était qu'un de ces moyens, avait compris. Il lui conseilla d'appliquer son amour de la campagne à d'autres sujets que ces agréables pastorales. Il lui montra combien il importait à la nation de créer un mouvement d'opinion en faveur de la terre. Voyez le danger qu'avait fait courir à l'Italie la flotte de Sextus Pompée qui avait failli l'affamer alors que sa fertilité d'autrefois était légendaire... Il fallait que le travail de la terre, abandonné, devînt à nouveau une noblesse, qu'une aristocratie moyenne et paysanne se constituât, où le père léguerait à son fils le carré de champ où il avait peiné. La difficulté même de cette tâche devait attirer Virgile qui y trouverait une gloire accrue.

L'habile homme savait parler à des hommes de lettres. Virgile ne bougeait presque plus de chez lui. Il n'allait que très rarement à Rome, furieux d'être reconnu, irrité de ce qu'il voyait. Ses amis préféraient aller le voir. La douce campagne l'inclinait à l'indulgence, à l'amour de la beauté. Il souffrait qu'on parlât d'autres hommes de lettres et ne méprisait pas tous ses concurrents. Horace lui racontait de bonnes histoires et ils couraient les filles ensemble, quelquefois. Ils se découvraient des affinités de plus en plus grandes. Ce cher Horace, qu'on aurait cru fermé à tout mysticisme, n'avait-il pas écrit, au moment même où Virgile invoquait l'Enfant Mystérieux, quelques vers où il rêvait à son tour à la paix et aux Iles Fortunées ? Et tous deux reprenaient leurs livres, et commentaient les voyages de Nigidius dans la profonde Egypte, terre des dieux, et tous les mystères orientaux.

Il travaillait beaucoup. Avec sa méthode particulière, qui laissait leur double part à l'inspiration et au polissage, il n'avançait pas vite. Mais son œuvre lui bornait l'horizon, lui tenait lieu de vie extérieure.

Peu à peu, elle se dessinait réellement devant lui.

Elle était très différente des *Bucoliques*, ne mettant aucun personnage en scène, et refusant presque tous les procédés littéraires qui avaient fait la fortune de Virgile. Comme tout grand artiste, il tournait immédiatement le dos à ce qu'il venait de faire, et refusait un classement, laissant à son originalité propre, s'il en avait une, le soin de faire l'unité.

L'amour de la terre cessait d'être filtré à travers les livres, pour atteindre à cette nudité sensuelle, à cette précision sans ornements dont Virgile avait rêvé dans ses poèmes de jeunesse. Mais d'avoir été mêlé aux belles dissertations et aux héros élégants, cet amour avait gagné une noblesse. Ce poème s'enivrait et se gorgeait de beautés naturelles et riches ; le jeune cyprès que porte un dieu, les blés coupés, la terre vivante qui aime qu'on lui commande, le feu léger qui court à la surface des chaumes, l'eau fraîche dans les guérets, l'amandier en fleurs, les étoiles bienfaisantes, les pluies, les vents, le soleil. Les dieux s'y mêlaient, mais non plus seulement comme ces princes mieux apparentés que d'autres princes qu'ils étaient dans les premières pastorales. Ils devenaient l'incarnation vivante de ces plantes et de ces forces naturelles, l'eau qui court, la foudre, le pâle olivier, le feuillage du saule, le sillon. Quand il s'agissait de travaux qu'il ne connaissait pas par lui-même et que les livres seuls lui avaient appris, Virgile avait retrouvé sans effort l'état de grâce poétique qu'il apportait tout préparé pour décrire les travaux qu'il avait connus dans son enfance. Son expérience personnelle — les ruches, les bêtes — se mêlait aux notions plus précises des traités spéciaux, et dans cette abondante et grasse poésie, nul n'aurait pu faire la part de ce qu'il savait et de ce qu'il avait appris. A chaque instant — et c'était le plus sensible lien avec sa première œuvre, qu'il n'avait pas eu le courage de trancher — apparaissait l'évocation d'un paysage familial, que le regret et la mort rendaient plus évocatoire et plus cher. Un moment, il osait plaindre la campagne arrachée à la malheureuse Mantoue, et recréer à ses yeux le fleuve lent et les troupeaux qui foulaient l'herbe de sa prairie. Et, porté par cet élan, il pouvait décrire avec une minutie et une intensité prodigieuses, les terres diverses, sèches, grasses ou salées, ou le retour des cigognes au printemps. L'art du toucher, chez lui, égalait l'acuité de la vue ou la sensibilité aux bruits et aux musiques. Et ces dons merveilleux, que soutenaient la mélancolie, l'amour de l'enfance, la joie de vivre, lorsque le printemps ramenait la sève et le sang au vieux corps de la Terre et rappelait les premiers printemps du monde, produisaient une œuvre qui ne pouvait se comparer à aucune autre. Car dans aucune — sauf peut-être dans des poèmes primitifs que Virgile ni personne n'avaient lus, sauf peut-être dans les vastes épopées indoues — la nature foisonnante et riche de bruits, de sang, de battements, de sève, ne revivait avec une pareille force. Il avait retrouvé dans cette sensualité qui était un des éléments essentiels de son caractère, le don du sauvage pour animer les plantes et les minéraux. Les bêtes, les hommes et toute la création, qu'il dépeignait soumis au même amour, aux mêmes maux, lui semblaient par leur origine, participer tout d'abord aux mêmes puissances obscures. Tout d'abord, seulement, car il savait assez tout ce qui est nécessaire pour nous arracher aux dangereux envoûtements des démons incompréhensibles. Mais bien réglées par de larges vers aussi solides que les routes latines, ces puissances du mystère formaient à son œuvre un soubassement fécond, sans cesse agité de tressaillements.

C'était cette nature énorme et charnelle qu'il avait voulu dresser contre la dure et avare marâtre de Lucrèce. Car il s'était débarrassé de Lucrèce. Le vieux maître terrible qui avait hanté sa jeunesse, il le reniait, comme on finit toujours par renier ses maîtres. Et c'est nécessaire. Mais dans ce reniement, quel accord mystérieux, plus profond que les paroles, se devine-t-il au fond ? Il n'était pas vrai que les hommes fussent dressés depuis l'origine contre celle qui les avait formés, mais leur sagesse devait consister à se tenir toujours au plus près d'elle. Aussi, Virgile outrepassait-il volontairement ses droits de poète, qui lui auraient prescrit de ne chanter que pour lui et pour les Muses, et de cet amour pour la terre vivante faisait-il un commandement, un impératif pratique. C'était à ce détour que Mécène le tentateur l'attendait. C'était à ce détour que mille obstacles prévus, haies et fossés, avaient été disposés pour rendre plus pittoresque et plus difficile la course. Car s'il eût été aisé pour un poète, de courir simplement la belle voie nue de la sensualité sauvage, il était moins aisé pour lui de franchir le double obstacle d'un manuel d'agriculture et de la proclamation politique. Les *Géorgiques* — tel serait le titre qu'il reprendrait à Nicandre — devaient être tout cela à la fois. Et Virgile, avec cette obstination têtue que ses amis connaissaient bien, se jurait de le réussir.

Il devait admirablement réussir à mêler à sa poésie le manuel d'agriculture. Et, à vrai dire, il était impossible de démêler où commençait l'un, où finissait l'autre. Toutes les pratiques qu'il décrit sont l'exacte correspondance des cérémonies religieuses : un véritable croyant, un véritable amateur de religions même, se persuade que le vague amour mystique n'est pas tout, et qu'il se traduit dans toute sa force et toutes ses nuances par les mille cérémonies que prescrit le rituel. C'est celui qui ne comprend pas la religion qui trouve tout cela froid et sans intérêt. C'est celui qui ne comprend pas l'amour de la terre, qui ne sent pas que tous ces procédés minutieusement expliqués sont la traduction en langage humain des relations mystérieuses qui existent entre le monde et nous.

Le programme politique et social était plus difficilement assimilable à la poésie. C'était peut-être indifférent à Mécène, ce l'était aussi en une certaine mesure pour Virgile, ou plutôt il ne s'en apercevait pas. Il disait avec passion les choses qui lui tenaient à cœur. Il moralisait avec fougue, et ne se rendait pas toujours compte que sa morale rentrait dans des cadres usés, des formules qui avaient depuis longtemps perdu leur effet magique. Car, pour n'être pas prosaïque, il employait des procédés *poétiques*, usait d'une poésie officiellement reconnue, et cela se voyait comme un placage mal fait : ainsi il faisait parfois appel à des dieux ou à des pays qui n'avaient que faire de ses maximes. Celles-ci eussent gagné souvent à être aussi nues et aussi rudes que celles d'Hésiode. Dans ces eaux compliquées où politique et poésie se rejoignaient, Virgile perdait pied quelquefois. C'est ainsi que, voulant faire revenir à la campagne, les paysans qui l'abandonnaient, il dressait des travaux de la terre et de la paix dont jouissaient ses habitants, un tableau manifestement faux et paré des plus sottes couleurs mythologiques. Les admirables vers où il rappelait le mugissement des bœufs et l'ombrage froid des arbres, ou ces montagnes foulées par les danses des jeunes filles de Laconie, ne suffisaient pas à excuser l'exaspérante banalité de ces effets trop voulus. C'était par d'autres arguments qu'il aurait dû défendre le retour à la terre. Lors même d'ailleurs que le charme des vers où il opposait la campagne à la ville, était évident, on pouvait très bien voir que les plaisirs qu'il trouvait à cette campagne étaient des plaisirs de citadin et qu'il préférait lire Théocrite dans les buissons d'un jour d'été que de peiner à labourer. Et le but proprement social était manqué.

Heureusement, il lui arrivait de ne pas faire appel à des souvenirs trop littéraires et de dire la vérité ; alors, il pouvait, comme fait un bon menuisier, ajuster exactement fibre à fibre, politique et poésie. C'était lorsque la santé et la nécessité d'une politique paysanne apparaissait derrière les ornements de son livre. Parce que cette nécessité prenait la forme d'une liberté. Le refus des grandes propriétés qui transformaient l'exploitation des champs en une mécanique sans beauté, amenait Virgile à rêver de travailleurs libres, organisés par familles, et que le prince protégerait. C'était cette idée des libertés de métier, groupées sous une autorité forte, qui, bien mieux que les oppositions factices entre la ville et la campagne, permettaient à la poésie de filtrer entre les lignes. Car cette liberté amenait avec elle l'aisance, la grâce naturelle, la noblesse. Les travaux perdaient leur âpreté. N'étant plus esclave d'un maître, mais ouvrier-maître lui-même, le paysan pouvait dans ses nécessaires et utiles labeurs, avoir l'obscure conscience d'une loi, sentir plus qu'un autre, les liens qu'il avait avec la terre. Et cela, parce que cette terre, la possédait, la dominait, et vivait avec elle, uni d'une union parfaite. Seulement, pour réaliser ce rêve, il fallait la puissance d'Octave.

Aussi, les *Géorgiques* étaient-elles un poème à la gloire du prince. Cet amour pour le prince qui n'avait dans les *Bucoliques* que la valeur d'un sentiment personnel, devenait ici cet admirable et poignant sentiment collectif qu'on appelle la fidélité. Et cela, non pas seulement dans les vers hyperboliques où s'essayait la louange encore malhabile de Virgile, mais partout, dans le poème, sitôt qu'il pouvait prononcer le nom d'Octave, ou le nom de Prince, ou le nom de roi. Il le saluait d'abord comme protecteur des champs, celui qu'il appelait des noms magnifiques d'auteur des moissons, de prince des saisons. Il en faisait la conscience claire de la nation, celui qui sent reflétées en lui toutes les souffrances d'un peuple ignorant, et qui sait mieux que lui ce qu'il faut faire. Enfin, par une divination qui ne venait que de son intelligence à comprendre ce qui était nécessaire à son pays, il saluait déjà en Octave, non plus un homme, comme il avait salué dans sa jeunesse un homme en

César, un homme encore au début en Octave, mais un chaînon d'une chaîne immortelle. Il comprenait qu'Octave ne prenait toute sa valeur qu'à la suite de tous ceux qui avaient servi Rome, et comme père de ceux qui la serviraient. Antoine ne l'avait jamais séduit, lui qui s'inscrivait contre une suite de redresseurs, et malgré les cruautés, malgré les excès, il était tout de suite allé vers Octave, héritier désigné, prince légitime à la mort de César. Bien sûr, il voyait encore en Octave surtout la personne émouvante de ce jeune homme qui voulait reconstruire le monde. Plus tard, il irait plus loin, et dépasserait la personne. Il pourrait, à cette race royale, appliquer ce qu'il appliquait maintenant à ses races d'abeilles — ces abeilles qu'il aimait pour y retrouver la sagesse d'une société.

> *Bien que les bornes de leur vie soient des bornes étroites,*
> *Car leur vie ne va pas au delà du septième été,*
> *La race demeure immortelle, et durant de longues années,*
> *Se perpétue la fortune de la maison, et les générations suivent les générations.*

Mais s'il n'avait encore que par éclairs cette idée de la continuité dynastique, il exprimait en vers splendides le sentiment de la fidélité. Il donnait aux abeilles l'intelligence parce qu'il trouvait en elles cette fidélité :

> *Tant que le roi est vivant, il n'est pour toutes qu'une seule âme,*
> *S'il meurt, le lien est brisé...*
> *Le Roi est le maître des travaux, toutes l'admirent, toutes*
> *L'entourent avec un lourd frémissement et se pressent en foule,*
> *Elles le prennent souvent sur leurs épaules, et exposent leurs corps*
> *A la mêlée, et cherchent dans les dangers une belle mort.*
> *Frappés par de tels signes et de si beaux exemples,*
> *Des sages ont pensé que les abeilles avaient une part de la divine intelligence.*

Et pour le prince qui méritait une si belle fidélité, il invoquait des dieux nationaux : « *Laissez, disait-il, laissez ce jeune héros relever de ses ruines notre siècle détraqué* » (ce siècle détraqué de Virgile qui rejoint le *time out of joint* d'Hamlet).

Telle était cette œuvre composée et dangereuse à laquelle il donna, pendant sept ans, tous ses soins. Il la sentait plus mûre et plus belle peut-être que le chef-d'œuvre de sa jeunesse, les *Bucoliques*. Mais à toute œuvre d'un génie en pleine possession de son métier et de ses dons, il manquera peut-être toujours la fraîcheur, l'acide charme d'une œuvre imparfaite et baignée d'une jeunesse disparue. Quelle que soit la beauté des *Géorgiques* il ne s'apercevait sans doute pas qu'un don miraculeux lui était pour toujours retiré, qui était le don de la jeunesse. Pour le politique, pour le moraliste, pour le poète, cette œuvre conservait des enchantements sans nombre. La grave cadence des vers, les rappels émouvants de tant de souvenirs, la passion pour la terre, trouvaient dans tous les esprits, des échos émus. Mais pour ceux qui aiment avant tout cette parure éphémère des jeunes corps destinés à périr, des jeunes âmes encore indécises, et qui recherchent cette désespérante et fuyante jeunesse à travers le mauvais goût, l'emphase et les soudaines îles de délicat regret et d'espoir d'évasion, ils délaisseraient souvent ces vers parfaits pour revenir aux poèmes tout bruissants de désirs et de confusions qu'il avait rapportés de Mantoue la Morte.

Heureusement pour eux, le poète est celui qui a de tous les hommes le moins envie de perdre sa jeunesse, de la jeter par-dessus bord, comme un lest facilement sacrifié (un lest pour alléger quoi donc ? pour aller où donc ? on se le demande). Et Virgile n'avait pu terminer son poème sans faire appel à elle. Il l'aimait d'un trop ardent désir, la confondant dans ses regrets avec l'amitié, dans ses espoirs d'autrefois avec la gloire. Les plus beaux jours de sa vie étaient toujours ceux qu'il avait passés dans ces jardins miraculeux de Naples, à apprendre la sagesse au contact de la terre et de la mer, à attendre la venue de l'enfant des prophètes, et à parler avec ces amis aussi inconnus que lui et qu'attendaient des destins multiples. Dans ces décors où il revenait aujourd'hui avec la gloire, mais sans la jeunesse, il retrouvait ces nuits d'été où le cœur se délivre et l'odeur des arbres chargés de fleurs, et sur les herbes ou sur les sables des plages, ces amis qui parlaient à voix basse pour ne pas effrayer la nuit. Fantômes disparus, à jamais mêlés à ces nuits et à ces jours, à l'odeur d'un buisson, à la fuite salée d'un vent, à la brusque couleur de lune d'un rocher, ils revenaient vers lui, et lui-même revenait vers lui ; non point avec cette sage et vaine maturité, mais leurs corps de vingt ans, leur incertitude, leur goût de tout savoir, leur ardeur au plaisir et leurs voix dans les soirs d'été. Il dépassait même ces jours de Naples, la baie rayée de lumière et les plages, il remontait le courant, et ne pouvait découvrir que sa jeunesse, évidemment. Où était Virgile à seize ans, dans les rues d'une ville aussi lointaines que si elle n'avait jamais été, ou ce Virgile de quinze ans, gauche, gracieux et fragile, dans les jardins de ses vacances ? Quel rapport y avait-il entre ces jeunes garçons, beaux de tout le passé disparu, et ces graves personnages, diplomates illustres, poètes officiels, généraux qui croyaient avoir fait leur vie ?

Alors, il se retournait vers ces années d'amitié et choisissait celui qui était le signe même de sa jeunesse, Gallus. Il mêlait son nom à ce regret du passé, au souvenir de son enfance, des paysages qu'il avait aimés, et au plus délicieux des contes de fées. Et il écrivait peut-être son chef-d'œuvre.

C'était le dernier chant des *Géorgiques*. Dès qu'il avait parlé des abeilles, il avait revu les ruches de Mantoue, la prairie embaumée, et l'enfant de dix ans ou de douze, qui suivait avec anxiété son père ; il le voyait, ce père, le maître des ruches, au milieu de ses préoccupations mystérieuses, pareil au prêtre d'une religion dangereuse. Et l'ancien amour de son enfance s'était réveillé. Il avait trouvé, en parlant des abeilles, ses plus claires idées de la politique et même de l'univers. Après avoir tant varié, de l'athéisme de Lucrèce aux tentations orientales, il avait fini par comprendre que la sagesse était dans la parole sacrée : « L'univers est plein de dieux ». C'était peut-être Pythagore (qui n'avait pas été sans lui inspirer sa plus mystérieuse bucolique) qui lui révélait cette sagesse. C'était surtout son instinct profond et le monde lui-même qui l'entourait. Aussi pouvait-il admettre les fables ingénieuses des Grecs et les vieilles croyances des paysans latins, puisque tous ces mythes, compliqués ou puérils, ne faisaient que traduire cette vérité essentielle. Et pour trouver cela, qui correspondait à ses désirs les plus inconnus, il lui avait suffi de se rapprocher de la terre et de son enfance.

En parlant toujours des abeilles, enfin, il s'était mis à raconter la légende d'Aristée, — beau chevalier du Lac, aventures translucides, palais mouvants d'eaux et de rayons — et celle d'Orphée et d'Eurydice. C'est en faisant l'éloge de son ami Gallus qu'il s'était trouvé tout naturellement en train d'écrire cette histoire d'amour, la plus belle. Il ne retrouverait peut-être jamais cette tremblante et pure beauté. Une autre fois, sans doute, il descendrait aux Enfers, il en ramènerait des charmes plus graves, mais non ce charme de jeunesse et d'immense mélancolie. Des flammes errantes et tourmentées passaient dans ses vers : et c'étaient des paysages chargés de brumes délétères, des étangs mortels, et puis l'amour, le désespoir de vivre, la douleur des amants séparés, la déclamation de la jeunesse, le désir du bonheur présent, la poésie, la mort ; la poésie, la mort, la jeunesse, les mots les plus beaux et les plus maléfiques de toutes les langues, et toujours, toujours, cette plainte cachée : Orphée est jeune et il va mourir, et sa belle tête roulera dans les glaces aiguës des fleuves, Eurydice est jeune et elle va mourir, et toujours, toujours la jeunesse et la mort, ensemble jointes par la plus désespérée des poésies.

Et c'est ainsi que la jeunesse, avec ses regrets et ses souvenirs, venait, au dernier moment, sauver la poésie de Virgile de ce qu'elle aurait eu de trop artistique.

Une pourpre s'apprête...

Pendant que Virgile achevait les *Géorgiques*, les dernières scènes du prologue impérial se jouaient en Orient. Antoine avait épousé Cléopâtre, il avait fastueusement distribué des royaumes à ses enfants. Lorsque sa seconde femme, Octavie, sœur d'Octave, vint vers lui, il la renvoya. Octave, indigné, ordonna à sa sœur de quitter la maison d'Antoine, mais elle lui répondit qu'elle ne sortirait pas de son foyer, et que, s'il n'avait pas d'autre motif de faire la guerre à Antoine, elle le conjurait d'oublier toutes ces querelles de personne ; elle continuait d'habiter la maison de son mari et faisait élever avec soin, ses enfants et ceux de Fulvie. Elle eût agi par politique qu'elle n'eût pas été plus habile, car les injustices d'un mari pour une si sainte femme ne manquèrent pas d'exciter l'opinion. Aussi la guerre qui fut décrétée lorsque Octave eut fait lecture du testament d'Antoine, prit-elle des allures de guerre du droit.

A la bataille navale d'Actium, le combat était encore douteux, lorsque les soixante vaisseaux de Cléopâtre déployèrent leurs voiles et cinglèrent vers la Grèce. Alors Antoine, oubliant tout, abandonnant ceux qui étaient en train de combattre pour lui, se mit à poursuivre cette femme, qui était moins belle et moins jeune qu'Octavie, mais à qui il était lié irrémédiablement.

On sut bientôt à Rome qu'il avait tout jeté pardessus bord et qu'il préférait renoncer à toute espérance pour être délivré de tout souci. Une fête étrange et phosphorescente commença de luire sur l'Egypte. De jeunes amis, consacrés à la beauté et à la débauche, unirent la mort à la volupté, une fois de plus. Dans l'ombre, Cléopâtre expérimentait des poisons.

Octave attendait. Il avait envoyé des messagers à la reine pour lui demander la mort d'Antoine. Une buée de plaisirs et de sang montait du Nil sur le monde. La nuit où Antoine décida le combat, des chants mystérieux, soutenus par des flûtes, s'élevèrent dans la ville ; c'était une troupe de Bacchantes qui, après avoir traversé la cité entière, était sortie par la porte qui regardait le camp de César. La foule murmura le lendemain que le Dieu d'Antoine l'abandonnait.

Après les dieux, la flotte trahit. Et Cléopâtre s'enfuit dans le tombeau royal qu'elle avait fait bâtir, et fit porter à son amant la nouvelle de sa mort. Il réfléchit profondément à sa vie gâtée par passion, se souvint des amis qui avaient juré de mourir ensemble, et se perça d'un coup de poignard, il n'en mourut pas sur-le-champ, mais ayant appris que Cléopâtre était encore vivante, il se fit porter à l'entrée du tombeau. Cléopâtre n'ouvrit pas la porte, elle apparut à une fenêtre, et fit attacher le corps de son amant à bout de cordes. Les soldats regardaient sans voix ce spectacle inoubliable : Antoine sanglant et à demi mort, halé vers cette haute fenêtre du tombeau égyptien et tendant vers Cléopâtre des mains défaillantes ; et elle, les bras raidis, le visage tendu, tirait les cordes avec effort. Quand il fut introduit dans le tombeau, elle pleura sur lui et sur elle, elle essuya le sang du malheureux et l'appela son maître, son mari, son prince, il mourut quelques heures après, remerciant les dieux.

Octave, ayant appris la mort de son ancien ami, versa des larmes qui n'étaient peut-être pas seulement de circonstance. *Devant un si grand miroir*, dira Gallus dans Shakespeare, *il est bien forcé de se contempler*. Mais comme le temps pressait, il envoya Proculéius demander à la reine de se livrer. Celle-ci refusa. Alors, Gallus, l'ami de Virgile, alla lui parler. A travers la porte barricadée, il lui tenait de longs discours, confiant en son savoir de diplomate et de poète. Pendant ce temps, Proculéius et deux officiers avaient appliqué une échelle contre la muraille et étaient entrés par une fenêtre — la fenêtre d'Antoine. Lorsque Cléopâtre se retourna, il était trop tard.

Elle eut permission d'enterrer magnifiquement son ancien amant. Puis, comme ses séductions n'avaient eu aucun effet sur Octave, elle prépara une dernière mise en scène. Elle alla pleurer sur le tombeau d'Antoine et répandre des fleurs. En rentrant chez elle, elle se fit préparer un bain et se mit à table. On lui servit un repas magnifique. A la fin, un homme de la campagne qui portait un panier de figues, parvint auprès de la reine. Il y avait des ordres pour le laisser passer. Cléopâtre renvoya toutes ses femmes, sauf deux, et écrivit une lettre pour Octave.

Octave ouvrit la lettre où Cléopâtre lui demandait d'être enterrée auprès d'Antoine. En effet, lorsqu'on ouvrit les portes, on trouva la reine couchée sur un lit d'or, et vêtue de ses habits royaux. Elle était morte. Une de ses deux femmes était morte aussi, à ses pieds. L'autre, appesantie par les approches de son destin et ne pouvant plus se soutenir, lui arrangeait encore le diadème autour de la tête. Un des officiers s'étant écrié : « Voilà qui est beau, par exemple ! » elle répondit :

— Oui, très beau, et digne d'une reine issue de tant de rois.

Et elle tomba morte au pied du lit.

Désormais maître du monde. Octave revint en Italie, après deux ans passés à pacifier l'Orient. Ses courtisans et ses poètes l'attendaient. La mort de Cléopâtre avait été saluée par ces durs Romains comme une victoire sur la barbarie ; et c'était, au vrai, la victoire d'une beauté peu aimable et nécessaire contre les dangereuses forces d'une beauté romantique. On oubliait peut-être de considérer suffisamment le destin inouï de cette femme incomparable, et on ne respectait pas en elle celle qu'avait aimé César. Tout ce que l'Italie comptait d'admirateurs du succès, était prêt à se jeter aux pieds d'Octave. Les chanteurs officiels composaient les odes qu'il fallait. Les barrières aux platitudes étaient ouvertes. Seuls quelques hommes assez fins et assez perspicaces comprenaient la portée de cette allégresse générale, et la nécessité d'une pareille victoire. Virgile n'oubliait pas Cléopâtre, la mince jeune fille qui avait habité Rome lorsqu'il n'avait que vingt-cinq ans, la plus mystérieuse et la plus dangereuse des Tentatrices. Mais il applaudissait les dieux d'Actium et d'Alexandrie. Et Horace composait une ode enthousiaste, qui commençait comme une chanson à boire :

(C'est à boire qu'il nous faut !)

et se continuait en vers précis, durs, et sans attendrissement.

Avant d'entrer à Rome, Octave s'arrêta avec Mécène pour soigner un mal de gorge, dans une petite ville de la région napolitaine, Atella. C'est là, que pendant quatre jours, relayé par Mécène, Virgile lui lut les Géorgiques enfin terminées. La pensée politique de Mécène était réalisée : il est bon pour un régime d'avoir les littérateurs avec soi, et non contre soi. Mais Octave n'était pas seulement un politique. Il aimait les lettres, et la beauté de ce poème magnifique, dont le plus grand écrivain de l'Italie lui faisait don, le toucha par d'autres qualités que ses qualités utiles. A l'entendre lire par le poète lui-même, de cette voix célèbre, et toujours un peu maniérée, nous pouvons penser que l'homme qui eut cette fortune incomparable, en goûta l'accent de jeunesse et de confession. Toutes les œuvres de Virgile étaient jusqu'à présent, et seraient toujours des œuvres personnelles, lyriques avant tout. Et cela, non pas seulement par les souvenirs qui s'y mêlaient à chaque instant, le rappel du pays perdu, des beaux soirs d'amitié, les noms de Gallus ou de Varius, les parfums du rosier de Poestum qui fleurit deux fois l'an ou la sagesse bucolique du jardin de Tarente où un vieillard lui avait appris les secrets du bonheur. Mais, même lorsqu'il ne racontait pas des souvenirs matériellement personnels, Virgile devait toujours sembler faire des confidences, sur un ton tremblé, mystérieux, où passaient le regret, l'amour de la vie, sa sensualité, sa tristesse, son amitié pour la mort. Toujours, il prendrait profondément le cœur par cette incantation à peine chuchotée qui est le propre des très grands poètes, par la confidence où il mettrait ses auditeurs avec ses plus chers secrets, ses rêves, la couleur de ses nuits ou de son enfance, par le geste amical et triste qu'il avait pour prendre le lecteur par les épaules, comme un frère, et le pousser vers un paysage deviné, éclairé d'entre-lueurs dont on ne savait pas la source, avec ses feuilles qui répètent un nom inconnu, et le vent qui parle une langue qu'on entend, et les bêtes soudain familières qui s'approchent de nos genoux. Et lorsqu'une telle confession était faite par la voix même de l'homme qui avait écrit ces choses, quel air de présence immédiate et réelle ne leur était-il pas conféré ?

Virgile publia ses *Géorgiques* peu de temps après les avoir lues à Octave. Elles étaient dédiées à Mécène, Gallus, nommé gouverneur d'Egypte, joignait à sa gloire politique, la gloire d'être loué dans le quatrième chant.

TROISIÈME PARTIE : APPAREILLAGES

Mort d'un ami

Du temps avait passé. L'empire venait d'être constitué en fait ; mais en apparence, rien n'avait été changé dans l'ancienne constitution. Après avoir gouverné trois ans avec le « consentement universel », Octave avait réuni le Sénat, en janvier 27, et déclaré qu'il abandonnait le pouvoir. Bien stylés, les sénateurs le supplièrent de rester. Un partage d'influences eut lieu. Octave prit le titre religieux d'Auguste, on lui frappa des médailles où on le nommait vengeur de la liberté romaine et dont le verso portait : la République rétablie. Il organisa un conseil du prince dont Mécène faisait partie et créa des magistrats nouveaux et une série de bureaux. Après quoi, il jura hautement de respecter les vieilles lois romaines. La comédie était bonne à jouer et le pouvoir bon à fonder.

Quant à Virgile, il était célèbre et associé à jamais à la gloire de l'Empire. Il venait même, à ce propos, de commettre une action mauvaise, ou du moins une action douteuse.

Après sa brillante conduite à Actium, son ami Gallus avait reçu le haut gouvernement de l'Egypte. Ce pays immensément riche avait été fort bien administré, les nomades repoussés, les routes refaites, le Nil réglé. Mais la puissance, jointe à l'adoration platement asiatique que les Egyptiens avaient pour leur maître, quel qu'il fût, avait tourné la tête à Gallus.

De ses retraites napolitaines, Virgile entendait lointainement parler d'une vie luxueuse, orgueilleuse, de demi-dieu et de roi barbare. On lui élevait des statues, un encens sauvage montait vers lui, comme vers une divinité. Il s'entendait appeler Fils du Soleil,

Partie III – Appareillages : Mort d'un ami

Fils des Pharaons. La plus vieille plaine du monde, avec ses dieux au sourire incompris, ses riches blés, son soleil écrasant, lui appartenait. Il oubliait vite qu'il n'était que le dépositaire de ce lourd et dangereux trésor, et qu'il en devait compte à l'Empire et à Octave. Virgile l'avait toujours connu ainsi, passionné, violent, vaniteux. Maintenant qu'il n'avait plus l'âge de l'amour, que Cythéris n'était plus qu'une aventure oubliée et l'héroïne d'un volume de vers, Gallus terminait sa vie, suivant le vœu du sage, par l'ambition. Il se laissa entraîner à des excès trop voyants. Il se rappelait avoir eu entre ses mains le sort de la plus magnifique prisonnière. Et autour de lui, tous étaient là, à lui dire qu'il était très grand, et le vrai maître du pays, et le fils du Soleil, et le prince élu. Rome était loin. Il eut le tort d'en dire du mal, de se moquer de ce jeune empereur, plus jeune que lui, qui n'avait pas de courage militaire, qui était incapable de gagner une bataille tout seul, et qui avait seulement la chance d'avoir autour de lui des généraux comme Agrippa, des diplomates comme Mécène — des hommes d'Etat comme Gallus. Ces Propos ne demeurèrent pas inconnus. Ils furent déformés, amplifiés. On parla d'une conspiration, d'une tentative pour libérer l'Egypte de tout joug impérial, et, qui sait ? pour prendre l'Empire. Octave ne voulut pas se souvenir que Gallus était l'ami de Virgile, et l'un de ses lieutenants dans l'affaire d'Actium. Il ne voulut même pas entendre sa défense. Gallus fut déposé et mis à mort.

Dans la seconde édition des *Géorgiques*, Virgile supprima au quatrième chant l'éloge de Gallus, C'était une lâcheté, sans doute, et La Fontaine ne l'eût pas commise. Octave avait raison contre Gallus comme Louis XIV avait raison contre Fouquet, mais des deux poètes, l'un connaissait mieux les devoirs de l'amitié. Virgile, pourtant, n'était pas sans excuses. Il ne toucha pas, et n'aurait pas songé à toucher aux éloges qu'il avait prodigués à l'ami de sa jeunesse dans les *Bucoliques*. Mais ces éloges s'adressaient à l'ami, au poète. Les éloges des *Géorgiques* étaient d'un autre genre : le jeune homme amoureux de Cythéris et dont le nom était associé aux premières heures de la gloire de Virgile, le compagnon de Rome et de Naples, était mort. Mort comme cette jeunesse à jamais morte. En souvenir de ce qu'il avait été pour lui, Virgile avait loué dans les *Géorgiques*, le glorieux général, l'honnête gouverneur qui ressemblait un peu à Gallus et qui portait son nom, vieux fils d'un fantôme évanoui. Ces éloges étaient des éloges politiques, du genre de ceux qu'il avait donnés à Octave et à Mécène. L'honnête gouverneur ayant fait place à un fauteur de troubles, les éloges devaient disparaître.

Seulement, en souvenir du premier Gallus, de l'ami jeune et violent dont la jeunesse s'était confondue avec la sienne, jamais La Fontaine n'aurait supprimé la louange du gouverneur d'Egypte.

Il avait quarante-trois ans. Ses tempes se dégarnissaient, ses membres étaient moins agiles. Lorsqu'il jetait les yeux sur sa vie passée, il pouvait croire qu'il était arrivé au but, puisqu'il avait Maintenant la gloire. Et pourtant, comme ses premières années semblaient plus pleines, plus agitées, que les années d'étude et de travail paisible où il écrivait, porté par la faveur du prince et de son temps ! Et s'il avait cru vraiment être arrivé au but, si cette célèbre maturité sur laquelle tous les écrivains jetaient des regards d'envie, avait été l'idéal pour lequel les hommes doivent se débarrasser le plus vite possible d'une encombrante jeunesse, aurait-il eu, toujours, le regret de la jeunesse, cet amour des jeunes corps, qu'il laissait çà et là transparaître dans une œuvre parfois désolée et grise ? Virgile, maintenant, ce Virgile que tous voyaient heureux de sa fortune, n'était qu'un homme qui faisait métier d'écrire, comme d'autres font métier de faire des horloges ou de couper du bois. Le vrai Virgile, c'était ce jeune homme inconnu qui écoutait des leçons merveilleuses dans les jardins de Siron, il y avait vingt ans.

Cette jeunesse, il essayait de la retrouver partout où ses pareils la recherchent, c'est-à-dire dans ses souvenirs chez les amis qui l'avaient connue aussi, et chez ceux qui étaient jeunes. Il aimait à s'entourer de jeunes gens. Un garçon parfaitement beau, qui composait des poèmes et les chantait en s'accompagnant sur la flûte, Cebetes, vivait dans sa maison de Naples. Et Virgile se laissait prendre, souvent, au charme ambigu de ses pareils. Ce sont là des choses qu'il ne faut pas juger en Français à hérédité chrétienne de 1930. Non seulement autour de lui tout le monde trouvait naturelle cette façon d'aimer ou cette forme de plaisir ; mais encore, elle était chez Virgile, avec le goût de la volupté que tous ses amis lui reconnaissaient en souriant, ce désir de retrouver la jeunesse perdue, fut-ce dans l'inquiétude, la tristesse, le soupçon, les nuits désolées, la jalousie. Et c'est pourquoi les vers de Virgile devenaient soudain si tendres et si déchirants, lorsqu'ils parlaient d'un jeune homme promis à la mort ou d'une jeune héroïne casquée. Car il avait quarante-trois ans et ce n'est pas Plotia Himeria qui aurait pu lui rendre cette jeunesse qu'il pleurait de perdre.

Pourtant, il avait autour de lui les regards d'un peuple qui acclamait les *Bucoliques* au théâtre, récitait les vers des *Géorgiques*, exhumait même certains poèmes de jeunesse, dont Virgile ne parlait jamais. Son nom était connu de tous. Ses amis, Horace, Varius, Quintilius, ceux qui le suivaient depuis longtemps — Gallus seul manquait, et Virgile voulait l'oublier — étaient en même temps que lui, arrivés à la célébrité ! Mais lui seul avait la gloire véritable. On savait qu'il travaillait à un grand poème national, qui serait comme la Bible et la Somme des grandeurs romaines, et on parlait de ce travail comme d'un enfantement sacré. A côté du prince, autrement que lui, il prenait peu à peu figure de symbole de la patrie. Ce rôle difficile de poète national qui risque de n'être qu'une magistrature officielle, comme en Angleterre, Virgile le jouait avec une aisance digne. Il devenait quelque chose comme ce qu'a été Barrès en France, pendant la guerre de 1914, ou mieux encore, à cause de la dévotion impétueuse du peuple italien, ce qu'a été d'Annunzio. Et il avait en effet le sens poétique d'une union avec la terre et les morts, comme Maurice Barrès et l'enthousiasme païen et l'orgueil comme Gabriele d'Annunzio. Mais il avait, plus que ces deux-là, une tendresse, une humanité insurpassées.

Cette gloire pouvait arriver à le consoler, à le maintenir. Car il n'était pas, malgré tout, de la race qui recherche dans les larmes et la débauche sa jeunesse perdue. Il avait trop le sentiment des grands devoirs humains, sentait trop bien la vie ne faire qu'une belle œuvre d'art, bien jointe, bien unie, tout d'une coulée, pour rester désespérément penché vers des années disparues. Au regret dont il ne pouvait, ni ne voulait se défendre, et qui était la plus noble parure de son esprit, il opposait une résignation aussi noble, essentiellement faite de lucidité et d'acceptation. Ce rôle national, il tenait à le jouer en conscience : il tenait à servir et à être utile, puisque maintenant que cette mouvante et multiple jeunesse n'était plus là pour l'excuser, il devait se restreindre, payer les traites émises en des jours de merveilleuse folie, savoir qui il était ou qui il devait paraître. Et il voyait venir avec courage le temps des échéances.

L'orgueil l'y aidait sans doute. Il ne venait pas souvent à Rome, mais prenait plaisir, parfois, à retrouver Mécène et les jeunes gens timides (un livre, vingt livres, cent livres en préparation) qui lui rappelaient le jeune mantouan que Gallus, un jour, avait présenté au prince. Ils regardaient cet auteur célèbre dont tout le monde avait lu les livres. Ce n'était pas pour déplaire à Virgile. Ces livres fameux se vendaient bien, ce qui lui plaisait aussi. Son éditeur, Eros, était un Grec qui s'entendait en affaires, et dont le nom prêtait à des calembours faciles sur l'éternelle alliance de l'amour et de l'argent. Virgile avait une vieille hérédité paysanne qui lui faisait — surtout en avançant en âge — prendre plaisir à amasser une petite fortune, à l'arrondir, comme son père aimait coudre à son champ d'autres bouts de terre. Ses amis le blaguaient parfois doucement, et Horace le traitait d'avare et de grippe-sous.

Partie III – Appareillages : Mort d'un ami

Il ne changeait pas, Horace. Il avait publié des satires et préparait un livre qui lui tenait à cœur, par sa nouveauté technique. Il s'en expliquait avec orgueil, avec ses gestes ronds, perché sur ses courtes jambes et vite essoufflé lorsqu'il parlait trop. Personne avant lui, non, personne, n'avait eu l'idée d'adapter à la langue latine les rythmes si compliqués et si beaux de la Grèce. Ça, vraiment, c'était une idée neuve ! Et ce bon ouvrier en vers devait en faire claquer sa langue de satisfaction, comme après avoir dégusté un Falerne de la bonne année. Il oubliait bien un peu les tentatives de Catulle, mais c'est que toutes ces histoires de technique lui appartenaient en propre, et qu'il se fâchait comme un âne rouge si on venait les lui disputer.

Mécène ne changeait pas non plus et continuait de divorcer avec Terentia. Il s'était pris d'une solide amitié pour Horace que bien des goûts communs rapprochaient de lui. Pourtant, il était toujours précieux et contourné, et Octave se moquait de lui, en lui dédiant des litanies parodiques où il pastichait sa manière luxueuse et l'appelait : « *délices du genre humain, mon petit cœur, ivoire de Toscane, benjoin d'Arezzo, diamant du Samnium, perle du Tibre, émeraude des Cilniens, jaspe des potiers, béryl de Porsenna, escarboucle d'Italie, et pour tout dire, chéri des putains* ».

Car Octave se mêlait assez souvent à leurs jeux. Virgile était traité par lui avec amitié, et arrivait lui aussi à une sorte de familiarité respectueuse, à quoi l'autorisait sa gloire. Mais cet homme, pourtant, conservait encore quelque chose de terrible. Il n'avait pas si bien dépouillé toute cruauté juvénile qu'il ne prît plaisir, parfois, à la mort, au sang ; et il ressemblait alors à une fine et méchante bête. Un jour où il s'était plu à juger. Mécène qui ne manquait pas d'audace ni de courage vrai, lui avait jeté de loin ses tablettes où il avait écrit : « Lève-toi, boucher ». Aussitôt, Octave qui était en train de condamner délicieusement à mort, avec une joie mal dissimulée, s'était levé et avait suspendu la séance. Car cet homme qui avait à chaque instant besoin de dominer ses instincts, avait une volonté terrible et était un très grand prince.

Autour d'eux, chez Mécène, de jeunes littérateurs arrivaient. Ils avaient du talent, parfois un peu plus que du talent. L'un d'eux, fastueux, prétentieux ; et puis tout à coup rêvant à la vie simple, aux plaisirs de la campagne, capable d'ailleurs de modestie et qui avait pour Virgile la plus sincère admiration ; commençait à se faire connaître. Il se nommait Properce. On savait autour de lui qu'il aimait une femme qui s'appelait Cynthie et qu'une vie compliquée de brouilles et de longues ruptures le laissait parfois brisé, ou bien au contraire méchant, acharné. Mécène l'aimait beaucoup et tentait sournoisement de l'enrôler dans sa brigade d'hommes de lettres-propagandistes. Mais Properce répondait en souriant qu'il n'était pas fait pour ces grandes choses, qu'il préférait ses chers Alexandrins et l'amour de Cynthie.

Dans un cercle littéraire rival, celui de Messala, où Virgile n'était pas sans fréquenter aussi, des jeunes gens s'exerçaient à aimer l'amour et à le chanter. Horace y avait trouvé un ami : un jeune homme timide, mélancolique, passionné lui aussi comme la mode le voulait, et qui était un des plus jolis esprits qu'il eût connus. C'était Tibulle. Horace essayait de le distraire, de lui faire connaître des joies moins artificielles et lui enseignait sa sagesse un peu courte, mais consolante. On aimait beaucoup Tibulle d'ailleurs, et comme il avait du talent, on l'imitait. Il était le grand homme du cercle de Messala, malgré sa jeunesse, et des poètes adroits comme son ami Lygdamus entretenaient sa faveur. Il y avait aussi une jeune femme très belle, de grande famille, intelligente, sensuelle et volontaire. Elle s'était prise d'un amour secret pour un jeune homme de basse condition à qui elle écrivait de courts billets gauches et fiévreux où toute sa passion flambe encore.

Tout ce monde-là s'occupait toujours de réformer la poésie et les lettres, comme les littérateurs n'ont jamais cessé de le faire.

Ils s'inquiétaient aussi de la décadence de leur époque ou bien s'enthousiasmaient pour elle. Ils rêvaient au passé ou à l'avenir, suivant leurs goûts, et dans ce passé ou cet avenir plaçaient un paradis perdu ou à trouver. Ils s'intéressaient à la magie, aux sciences occultes, aux religions compliquées. Virgile pouvait voir que rien n'avait changé depuis sa jeunesse. Il trouverait toujours, dans un coin du salon de Mécène, quelqu'un pour l'entretenir de la métempsychose selon Pythagore, ou quelqu'un pour lui demander sous le sceau du secret si, sincèrement, les mystères d'Eleusis lui paraissaient une initiation qui vaille les cultes égyptiens. D'autres interrogeaient les astres, et d'autres les tarots. Et Horace donnait de bons gros conseils en vers délicieux à de trop jolies pénitentes qui voulaient connaître l'avenir :

> *Non, ne va pas chercher (il est mal de savoir), pour moi, pour toi,*
> *Quels destins nous gardent les Dieux, Leuconoé, et ne consulte pas*
> *Les chiffres magiques. Va, il vaut mieux souffrir l'avenir, quel qu'il*
> *soit.*
> *Que Dieu nous ait donné plusieurs hivers à vivre ou bien que ce soit*
> *le dernier,*
> *Celui-là qui sur les bancs de rochers troués, brise la mer*
> *Tyrrhénienne, goûte la vie, filtre tes vins, et coupe au mètre raccourci*
> *L'espoir trop long. Pendant que nous parlons, a déjà fui le temps*
> *Jaloux ; cueille le jour et crois le moins possible au lendemain.*

Virgile aimait les vers à Leuconoé, mais était plus proche d'elle que ne l'était Horace. Il comprenait l'attrait de l'avenir, et était capable de céder à toutes tes tentations de l'inconnu. Il était d'ailleurs superstitieux lui-même à force d'étudier les vieilles croyances, il ne savait plus très bien que répondre, et ne trouvait pas ridicule de chercher, dans les puériles actions, des avertissement divins. La Leuconoé qui courait les astrologues et changeait de religion tous les quinze jours, n'agissait pas seulement par snobisme. Un peu de la nécessaire inquiétude passait en elle,

Virgile ne savait pas ce qu'elle attendait ni encore moins ce qui arriverait, mais il se souvenait d'avoir cédé, lui aussi au mysticisme vague — et peut-être inspiré — des belles jeunes femmes de son temps, et avoir écrit un poème à la gloire de l'Enfant mystérieux.

La terre et les morts

Il travaillait. Le plus grand rêve de sa vie de poète allait peut-être être réalisé, et à cette heure où la gloire et l'âge mûr lui montraient son vrai visage, ou celui qu'il voulait croire tel, il essayait cette œuvre parfaite où son amour du sol natal, son goût de la jeunesse et son inquiétude religieuse Prendraient place, cette œuvre où tous les hommes de son temps pourraient se retrouver et où, perdu dans leurs rangs, invisible et ému, il se retrouverait, lui aussi.

Il avait relu avec soin le plus grand de tous les poètes antiques, et le plus inaccessible : Homère. Il pensait peut-être déjà que jamais il n'atteindrait à cette grandeur sans effort, à cette déformation simplificatrice des héros, à la beauté de ces grands sentiments nus où, çà et là, passaient des frissons de tendresse et de grâce inconnues. Car nulle jeune fille n'était plus secrète et plus belle que Nausicaa.

Il avait relu les tragiques grecs, les *Chants Cypriens*, *La Prise de Troie*, de Stasinos, *Les Retours*, d'Agias de Trézène, toutes les petites épopées alexandrines et la plus belle de toutes, la plus originale, les *Argonautiques* d'Apollonios. Mais c'était une œuvre plus vaste dont il rêvait, et dont l'amour ne serait pas le seul charme.

Car son œuvre, d'abord et avant toute chose, devait répondre à cette image de lui, que se faisaient maintenant ses contemporains, et être une œuvre nationale. Un poète est quelqu'un qui doit servir, comme les autres hommes. Et Virgile avait depuis longtemps abandonné l'idée que l'art se suffit à lui-même, et qu'il n'est pas d'autre souci pour lui que le souci de la beauté. A cette beauté, il infligeait un soubassement moral, politique, religieux, historique, instructif. Et il était satisfait lorsque de toutes ces barrières opposées à la poésie, il tirait quand même de la poésie. Ce souci d'enseignement était chose latine avant tout : à ce moment même, lorsque Virgile venait à Rome, il pouvait rencontrer un homme grave, plein de talent bien qu'un peu oratoire et grandiloquent, et qui commençait à publier une histoire de Rome : cette histoire, elle aussi était soumise à la double loi de la beauté et de la propagande : l'homme se nommait Tite-Live.

Pour rendre plus exacte la force de propagande de son livre, Virgile s'était mis, lui aussi, aux études historiques. Son époque, d'ailleurs, en était passionnée. Un jeune grec d'Halicarnasse, Denys, faisant, en ce moment même, pour de tout autres desseins, des recherches sur les antiquités romaines, remontant très haut, là où la fable et l'histoire se confondent. Le savant Varron, un des esprits les plus curieux et les plus encyclopédiques de son époque, n'avait-il pas poussé très loin, quelques années auparavant, cet ordre de recherches ? Virgile avait toujours aimé l'histoire : dès Milan et sa jeunesse studieuse à Rome, il s'en était occupé. Il était naturellement curieux, et ce plaisir était le seul auquel l'âge laissait sa force.

— On se lasse de tout, disait-il parfois, lorsqu'il était avec ses amis et qu'ils philosophaient doucement.

Mais il ajoutait : Excepté de comprendre...

Aussi accumulait-il les lectures les plus difficiles et les plus bizarres, ayant gardé de son long amour pour les Alexandrins, une espèce de conscience minutieuse. La légende dont il voulait faire le sujet de son livre n'était pas neuve. Varron la connaissait, et avant lui, les poètes latins Ennius et Naevius.

N'avait-il pas trouvé jusque dans Lycophron, le prince des ténèbres poétiques qu'on admirait encore autour de lui, l'histoire d'Énée quittant Troie en flammes pour aller jusqu'aux lieux où une truie mettrait bas trente petits ? Elle était suffisamment ancienne, et d'autre part suffisamment située dans le lointain des temps, cette légende, pour donner à son poème la nécessaire beauté de l'éloignement, sans quoi, sans doute, il n'y a ni épopée, ni tragédie. Mais, était-ce vraiment une épopée ? L'épopée suppose une âme simple, une faculté de faire de ses héros des types parfaitement définissables en deux ou trois mots, la réduction de toutes les luttes de l'humanité à des sentiments clairs : l'amour du pays, la violence, la bravoure, la lâcheté, la ruse, la foi conjugale. Un indécis, un homme habitué à vivre en lui-même, un être qui lutte contre sa nature pour accomplir ce qu'il croit être son devoir, ne sont pas des personnages d'épopée. L'épopée, c'est avant tout, un guignol magnifique. C'est Homère, c'est Rabelais, c'est Hugo. C'est le récit de quelque chose, qu'un homme à la fois simple et malin récite devant des gens simples et pas toujours malins. Quand on récite, il faut que les actions soient bien claires, et les personnages bien définis. Le théâtre — la tragédie — a le droit, lui, d'être un peu moins simple, car chaque personnage a un acteur, un costume, qui permettent de le désigner. De sorte que si le spectateur trouve Phèdre un peu trop compliquée, il se raccroche à cette branche de salut qu'est pour lui la couronne ou la robe blanche. Et Néron, dont on ne sait encore s'il est bon ou méchant, ce qui serait une grave erreur pour l'épopée, est saisissable au théâtre, parce qu'il est joué par cet acteur nasillard qui a un accent étranger. De tels signes manquent au récitant de l'épopée. Aussi simplifie-t-il et les dieux ont toujours l'air, chez lui, de croquemitaines et d'ogres pour le Petit Poucet. Etre un poète épique, c'est savoir se soumettre à ces conditions de simplification — ou, ces conditions ayant matériellement disparu, retrouver comme parfois Rabelais et souvent Hugo, par une volonté de sa nature ou une tendance, cette simplicité et presque cette simplesse d'esprit.

Virgile n'était à aucun degré, un poète épique. Comme il était têtu, et qu'il respectait les règles, il s'empara de l'attirail épique

Partie III – Appareillages : La terre et les morts

d'Homère. Mais il aurait peut-être mieux valu pour lui que la forme du roman fût inventée à son époque. Il est vrai que pour admettre ce conscient blasphème, il faut oublier que le roman est sorti de la chanson de geste, comme le drame de la tragédie, en se débarrassant du sentiment religieux, et que ce sentiment religieux, commun à la tragédie et à l'épopée, Virgile était justement le mieux capable de l'exprimer.

Il avait commencé par écrire en prose son épopée, comme un beau récit bien composé. Ainsi procédait Racine. Comme lui, sans doute, s'écria-t-il un jour : mon œuvre est terminée, il ne me reste plus qu'à l'écrire.

Cette *Enéide* en prose succincte, qui de nous n'aurait désiré la connaître ? Il n'est rien de plus émouvant que ces plans détaillés dont certains poètes font parfois précéder leur œuvre. On sait qu'un mot, qui n'est qu'un mot dans une page grise, va s'épanouir comme une fleur qui se déplie, et devenir cette scène dont le souvenir nous brûle encore. On possède, en quelques pages, non pas le résumé sec d'une œuvre qu'on aime, mais cette chose vivante qui est capable de se développer, d'éclater comme un obus bourré de forces comprimées pour un temps, et qui finiront bien par échapper. On rêve à cet instant antérieur bien avant même le plan qu'on a sous les yeux, où quelques lignes fécondes, où un seul mot connu du seul poète, étaient le premier signe de cette œuvre. Moins encore : on voudrait remonter jusqu'à certaine attitude de l'âme, certain état d'attente, un climat mystérieux où ne passent même pas des images, qui furent à la naissance du poème. Un livre est pareil à un enfant, et la première fois que sa vie, en nous, se manifeste, c'est par cette indicible confusion de joie et de peine, ce sentiment que quelque chose est là. La délivrance n'est accomplie que le jour où on a écrit les dernières lignes.

Dans cette *Enéide* en prose (rappelez-vous cette émotion devant le plan détaillé du *Grand Meaulnes*...), tout n'était sans doute pas exactement au point. Virgile reviendrait sur certains épisodes, il remanierait son roman. Mais il y trouvait certainement déjà, suffisamment ébauché et expliqué, l'amour de sa nation. Lorsqu'il avait fini de travailler, qu'il fût à Nola, à Naples ou en Sicile, s'il lui arrivait d'aller à sa fenêtre devant la campagne dont le vent du soir lui apportait les chers parfums, il savait à qui il devait cette paix royale, à la fin de ces journées pacifiques, et ne séparait pas, dans son cœur, la beauté de sa terre natale du souvenir de ceux qui l'avaient créée.

Son livre, comme tous ceux qu'il avait écrits, était d'abord un remerciement. Et tous les livres du poète ne sont-ils, en effet, peut-être, que des actes de gratitude. Seulement, alors que les *Bucoliques* et même les *Géorgiques* remerciaient encore un homme en particulier, qu'il s'appelât Pollion, Mécène ou Octave, la reconnaissance qui se montrait à chaque vers de l'*Enéide* était une chose plus grave et plus profonde. Il remerciait en effet, sans craindre de tomber dans le poncif nationaliste et la rengaine chauvine, tous ceux qui avaient façonné, comme une œuvre d'art, cette nation dont il sortait. Il l'aimait, il l'aimait de toute son amitié fraternelle, pour ses bois, ses prairies, ses routes, ses bêtes, — et le patriotisme c'est d'abord ce que l'on aime. Il l'aimait par cette familiarité douce qui s'insinue entre les choses où nous avons vécu et nous : le pays dont nous faisons partie, c'est d'abord ce paysage usé, ces mots qui ont beaucoup roulé, cette aisance suprême à nous retrouver au coin d'une rue, au coin d'une phrase, au coin d'un souvenir. Les noms de ville qu'il énumérait sans lassitude, les noms de héros dont il remplissait ses vers, il ne les utilisait pas comme Hugo utilise ses grands d'Espagne ou ses sultans, parce que ces noms sont sonores et ont de la couleur. Il les insérait dans la trame de son poème, uniquement comme Mistral met dans ses vers tel olivier, tel pont, tel mas, dont tous les paysans de Provence savent le nom familier et banal. Pour lui, c'était comme lorsqu'une chanson ancienne murmure à nos oreilles :

Partie III – Appareillages : La terre et les morts

Orléans, Beaugency,
Notre-Dame de Cléry,
Vendôme, Vendôme...

Le rythme de ces noms nous enchante, non par leur étrangeté, mais parce que ces noms chantent au même son que notre sang et que tous les vieux rythmes de notre vie, parce que nous ne trouvons en eux aucun des plaisirs du dépaysement, mais ceux du retour : ainsi, dans ces refrains où l'on parle de marjolaine, dans les belles musiques de Jean Racine, dans telle porcelaine usée et mince, dans telle clairière mollement éclairée. Et la familiarité d'abord, l'introduisait au patriotisme.

Il y ajoutait, comme naturellement perçu en même temps que ces paysages qu'il savait par cœur, le souvenir des morts dont il se sentait l'héritier. Il n'en séparait aucun d'un autre, dans cette amitié. Il ne disait pas : ceux-ci ne pensaient pas comme moi ; il les joignait tous, lumineux d'une même gloire, et ne dédaignait pas plus les rois que les chefs de révolutions. A travers eux, il saluait le destin de Rome, peu à peu affiné et grandissant, peu à peu dégagé des incertitudes, des circonstances, presque des hommes qui le dirigeaient, et marchant vers une nécessité à demi divine, devenant presque une loi magnifique sur laquelle les politiciens n'avaient pas de prise.

Tout le drame de son livre venait justement de la rencontre de ce destin et de l'homme qui le porterait. Le héros qu'il avait choisi était un honnête homme sans génie, encore tout empêtré de ses oripeaux épiques, qui lui allaient aussi mal que possible. Mais ce n'était pas un héros d'épopée. C'était un homme qui fuyait, qui cherchait un asile, et à qui soudain une terrible mission incombait. Il avait des qualités, il craignait les dieux, il aimait comprendre, il était bon, il savait au besoin être brave ; il ressemblait un peu à Virgile. Comme lui, sans doute, il était incapable d'amour violent, mais plein de tendresse et de pitié. Un homme, rien qu'un homme, capable de petites lâchetés et de maladresses. Et soudain, cette mission et ce destin effrayant d'une ville immense dont il allait être le premier instrument. Il eût peut-être mieux aimé, lui aussi, s'endormir du sommeil de la terre. Mais il était soldat, plein de la plus scrupuleuse observance et n'aurait jamais songé à refuser une mission. Pour que rien de sa faiblesse et de la lourdeur de l'œuvre à accomplir ne fût ignoré de lui, Virgile le faisait descendre aux pays souterrains où il voyait tous ceux qui n'étaient pas encore (tous les morts de Virgile, mais il inversait le cours du temps, comme un reflet de miroir). Et Enée acceptait son destin.

Ce destin, Virgile le comprenait de façon lucide. C'était le destin même du prince, économe du sang de son peuple, désireux de conserver les libertés nécessaires, protecteur des faibles. Il pouvait voir Octave organiser les libertés provinciales, préparer des lois sociales plus justes. Il le suivait depuis longtemps dans son dessein d'abaisser les grands pour créer l'indispensable classe moyenne « *Ton destin à toi* », dirait-il au prince romain, dont il connaissait les devoirs et les limites : « *c'est de dompter les orgueilleux et d'épargner les vaincus* ».

Et on pouvait tirer de l'*Enéide*, à chaque instant complétée par les *Géorgiques*, une ébauche de politique. Elle n'a pas, sans doute, cette précision qui fait des *Géorgiques* un véritable traité où se devine un système complet, presque aussi complet que celui de Balzac. Mais elle donne, sous une forme poétique, la plus frappante des leçons d'obéissance, de modestie, et de sacrifice. C'est l'histoire d'un homme qui s'identifie, quoi qu'il lui en coûte, à sa nation.

Par lui, Virgile s'adressait à l'avenir, aux jeunes gens de son pays, aux jeunes gens de tous les siècles. Le modèle qu'il leur donnait était un modèle d'héroïsme accepté. Dans les combats, ces combats virgiliens qui se passent au bord des prairies ou des fleuves, où se mêlent constamment les voix d'une terre que la bataille épargne presque, les jeunes héros de Virgile exaltent l'amour de leur pays, et le maintiennent dans le sang. C'est à eux que le poète songe, ne pouvant plus s'adresser à ses contemporains — ce sont les jeunes gens que tout poète adjure, pour se préparer ainsi la durée. Son pays magnifique et sanglant, il le tend à bout de bras, de toute sa force, et n'est pas écrasé par son poids : il le tend aux jeunes mains vigoureuses qui pourront l'empoigner à leur tour, car pour lui, la vie s'arrêtera peut-être bientôt à cette dernière attitude, celle de l'homme aux bras raidis qui tient un monde au-dessus de sa tête. Une image, toujours une image, il ne peut leur donner que cela, avec l'enthousiasme, les rythmes de l'appel. Qu'importe la démonstration ? Virgile aimait cette cité charnelle, comme Péguy aima la sienne, et nommait sa passion à l'avenir. Ce qui montait en lui, lorsque, sur une route déserte de la côte napolitaine, le grand pays pacifique de sa jeunesse s'étendait autour de lui, c'était, dans ses veines mêmes et son cœur, et non pas seulement son esprit, la passion de sa terre charnelle. Alors, il invoquait la jeunesse attentive, il lui enseignait le courage et la dureté, il lui apprenait que cette passion, qui est une chose de chair, se défend avec sa chair. Et il savait que tout l'avenir l'entendait.

Car cette foi dans le destin de Rome n'était pas une foi abstraite. Les poètes ne vivent pas dans l'abstraction, ils sont des êtres qui voient. Cette image de la destinée de Rome qui lui apparaissait dans son poème sous les traits d'un homme effrayé, puis sous ceux d'une suite magnifique de héros, il la poursuivait, lorsqu'il y pensait aux jours ordinaires de sa vie, sous une forme encore une fois concrète et visible. Et c'était là principalement que son amour de la nation avait dépassé l'amour du prince protecteur des *Géorgiques*.

Il venait de voir l'Empire enfin fondé, la paix régner avec l'ordre rétabli. Pourtant, il savait cette paix infiniment précaire, à la merci d'un accident, de la mort d'Octave, d'une émeute. Un de ces accidents venait justement de se produire : l'héritier d'Octave, son neveu Marcellus, un merveilleux adolescent de dix-sept ans, était mort. Virgile l'avait vu quelquefois, sans doute, mais il le connaissait à peine. Et voici que pour lui, il trouvait des plaintes admirables, fières, tremblantes, où son amour des jeunes êtres, son regret des destins inachevés, se joignaient pour la plus déchirante musique funèbre. C'est que ce jeune homme presque inconnu était héritier de l'Empire, qu'en lui, Virgile aimait et pleurait cette vivante image de la patrie qu'est une suite de princes. Cette idée de la continuité dynastique, qu'il avait aperçue autrefois, lui était maintenant révélée par le danger et par la douleur. Que deviendrait l'Empire si, à la mort d'Octave, le trône était encore l'objet de contestations sanglantes ? *Bien que les bornes de la vie d'un roi soient des bornes étroites, il faut que la race en demeure immortelle et que, durant de longues années, se perpétue la fortune de la maison, et que les générations suivent les générations.* Il le comprenait pleinement aujourd'hui. C'était la patrie elle-même qu'il voyait, avec sa raison comme avec son expérience pratique, dans ce jeune corps abandonné à la mort. Et c'est pourquoi, sur Marcellus, il jetait des plaintes éblouissantes :

> *Tu seras Marcellus ! Jetez des lis à pleines mains,*
> *Je répandrai de sombres fleurs...*

Départs

La vie continuait, lui enseignant qu'il vieillissait. Un des plus anciens compagnons de sa jeunesse, après Gallus, avait disparu. Quintilius Varus, Cisalpin comme lui, qui l'avait suivi à Naples, était mort l'an passé, en 24, après une pénible maladie. C'était un très honnête homme, qui avait conservé de sa jeunesse et de son long commerce avec la poésie et les poètes, cette probité et cette bonne foi un peu enfantine des cœurs très purs. Horace le connaissait et l'aimait. Il l'aimait pour lui-même et par amitié pour Virgile qui s'était pris pour lui d'une affection très grande, où il entrait peut-être beaucoup de souvenirs. Aussi, c'est Virgile qu'Horace plaignait dans les vers touchants et médiocres qu'il adressait à la mémoire de Quintilius.

Partie III – Appareillages : Départs

Virgile avait été très abattu après cette mort. Elle ne s'accompagnait point, comme celle de Gallus, de circonstances dramatiques qui, ajoutant à son intérêt, l'aurait rendue presque irréelle, comme une histoire qu'on lit. C'était une banale mort, une mort comme toutes les morts. Et c'était la mort d'un vieux compagnon. Aussi l'affection se mêlait-elle à l'égoïste crainte pour pleurer le garçon disparu. C'était un premier avertissement, et Virgile songeait inévitablement, encore et toujours, à sa jeunesse disparue, aux jardins de Naples, à l'amitié — et à sa mort à lui enfin. Il y songeait, comme y songe tout homme, sans y croire et cependant incliné par cette disparition brusque d'un compagnon d'âge bien connu à croire à cette mort incroyable. La pensée lui venait alors de toutes les grandes choses banales qui sont le tourment de la vie : la fuite du temps, l'inutilité de vivre, l'incohérence du monde, et l'ignorance où nous sommes de ce qui vient après la mort. C'est pourquoi les vers où Horace essayait de le consoler avec un gros bon sens et des louanges banales pouvaient l'émouvoir aux larmes. Car ce mort, il l'avait connu et aimé, il avait le même âge que lui, et c'était ce mort, maintenant, dont on disait en phrases maladroites : « C'était un homme si bon, si honnête... Il est mort bien jeune... On ne sait pas ce que le sort nous réserve... » Les phrases les plus sottes et les plus déchirantes du monde, les plus répétées, et qu'un jour on dirait de lui.

> « *Et quoi ! Le sommeil éternel enserre*
>
> « *Quintilius ! Celui auquel l'honneur, et la sœur de la Justice,*
>
> « *La Foi incorruptible, et la vérité nue*
>
> « *Ne trouveront plus désormais de pair ?*
>
> « *Il est mort... Et combien d'hommes d'honneur le doivent pleurer,*
>
> « *Et nul plus que toi, Virgile, ne doit le pleurer...*
>
> « *Vaine piété, hélas ! Ce n'était pas ainsi que tu l'avais confié*
>
> « *Aux dieux, le Quintilius que tu appelles !* »

Contre toutes les puissances du souvenir et de la mélancolie, si fortes contre lui, il trouva du secours comme toujours, dans les desseins qu'il se fixait avant de terminer sa vie, et dans son travail.

Son poème l'occupait énormément. A vrai dire, il prenait de plus en plus l'apparence d'une folle gageure. Car il n'était pas un poème général et presque vague, où tout serait réduit à deux ou trois données très simples : la gloire de Rome, son destin, et l'homme chargé de ce destin. Mais en plus d'idées précises sur la politique et sur l'histoire, Virgile avait entrepris de faire de son livre une sorte de Mémorial de la noblesse, presque de Gotha. Ce n'était pas basse flatterie, s'il plaçait autour des compagnons d'Enée les ancêtres supposés de telle ou telle famille illustre. C'était par compréhension très stricte de la grandeur et de l'ancienneté de Rome (qui devaient se retrouver dans toute la noblesse) et aussi pour procurer cet indispensable sentiment de familiarité auquel il tenait. L'homme qui lirait son livre, plus tard, s'y promènerait en compagnie de noms connus, comme le provençal qui lit Mireio ne s'étonne pas d'y trouver le paysage qu'il a quitté la veille.

Octave connaissait par Mécène ses projets. Il en avait entretenu le poète lui-même et lui avait donné sans doute bien des facilités pour consulter d'anciens documents. Car Virgile était d'une scrupuleuse honnêteté, et n'eût pas inventé la chaussure ou le bouclier d'une vieille peuplade latine disparue. Octave attendait avec beaucoup d'impatience le résultat de ce long travail.

« *Je reçois de fréquentes lettres de vous*, lui écrivait Virgile. *Quant à mon Enée, certainement, si je le croyais digne de vous être présenté, mon dieu, je vous l'enverrais volontiers. Mais l'importance de mon entreprise est si grande que c'est presque une folie à moi d'avoir abordé un pareil sujet, D'autant plus que, comme vous le savez, je ne puis bien le traiter sans me livrer à d'autres études plus considérables.* »

Il pensa même à entreprendre un voyage sur les côtes méditerranéennes, afin d'avoir une vision plus exacte des pays que traversait Énée. Horace, à qui il avait parlé de son projet, lui envoya une Ode pour le vaisseau de Virgile, un peu contournée, mais charmante, qui débutait ainsi :

« *Puisse la déesse souveraine de Chypre,*
« *Et puissent les frères d'Hélène, les astres étincelants,*
« *Puisse le père des vents te mener,*
« *Et ne laisser souffler que le libre noroit,*
« *Navire ! Toi qui dois Virgile,*
« *Présent à toi confié, aux rives de l'Attique,*
« *Rends-le sain et sauf, je t'en prie,*
« *Et conserve-moi la moitié de mon âme...* »

Virgile garda les vers de son ami, et renonça, pour l'instant, à son voyage.

Cette année, il avait à peu près achevé les deux plus beaux chants de son poème : *Le livre de Didon* et *La descente aux Enfers*. Il avait écrit en outre la *Fin de Troie* et des fragments des autres chants. Le début était à peu près au point. En avançant en âge, il avait acquis cette chose terrible et nécessaire qui s'appelle le métier. Il était capable d'agencer habilement les diverses scènes d'une action, d'arrêter où il le fallait un mouvement commencé, et de n'être jamais trop long, ni trop bref. Les vers avaient le rythme convenable, ils étaient beaux, sans une cheville, sans une faute, et allaient, d'un mouvement régulier et puissant, enchevêtrant les musiques, peignant par touches brèves, sans qu'une émotion trop vive en brisât soudain l'élan. Et cette perfection parnassienne, qui faisait, il faut trop le dire, de la plupart des récits de l'*Enéide* le comble de l'artifice et quelquefois de la froideur, était peut-être achetée au prix de bien des émotions, de bien des charmes impurs, mais plus troublants. C'était là une fatalité inexorable à laquelle ont échappé trop peu de poètes, chez qui, la plupart du temps, le métier paralyse la poésie. Tous ces récits de bataille, ces oracles, ces querelles de dieux, ces descriptions de tempêtes, lorsque l'émotion nationale, amoureuse ou religieuse, n'y venait pas jeter de sombres flammes, étaient des choses belles, sans doute, mais belles comme certaines légendes de Hugo, les jours où Hugo oublie d'avoir du génie.

Heureusement pour lui, il aimait son pays, les morts ; la jeunesse, l'amour. Et il avait écrit le *Livre de Didon*.

Dans cette histoire tragique dont les vieilles légendes gardaient la trace — Enée, accueilli par la reine de Carthage, l'aime et l'abandonne — il avait d'abord mis, bien sûr, de la littérature. Il ne pouvait oublier que l'Ariane de Catulle et la jeune Médée d'Apollonios étaient les premières, les plus admirables des femmes amoureuses qu'il eût aimées dans les livres. Surtout l'Ariane de Catulle, abandonnée comme Didon, car Médée, avec tout son charme fragile, n'était qu'une jeune fille qui naît à l'amour et à la douleur. Il y mettait encore des souvenirs, rappelait la reine d'Orient, Cléopâtre, et les esclaves royaux qu'elle avait tenu à ses pieds. César surtout, César qui l'avait aimée, mais n'avait pas abandonné sa mission. Mais sa Didon à lui, n'était plus une jeune fille. Elle avait dépassé l'âge d'Ariane, de Médée et de la Cléopâtre de César. Elle jouait sa dernière chance, son dernier amour. Et Virgile savait ses craintes, son désespoir sans issue, car il pouvait se souvenir de Plotia Himeria.

Avec la cruauté, la jouissance méchante des grands peintres de l'amour, il retrouvait sa vieille habileté à peindre la passion et à s'en délecter. Ce talent qui se dessinait déjà dans le poème de *Corydon* et celui de *Gallus*, prenait toute sa force, comme un penchant enfin satisfait dans les sept cents vers brûlants de ce livre. Car le souci de composer des tableaux, de noter une attitude, de faire verser des larmes, de relever sur la jambe nue d'Ariane les souples vêtements, de peindre Iphigénie (et c'est sa mère qui parle !) triomphante, adorée, et les chemins tout parfumés des fleurs dont sous ses pas on les avait semés, le souci d'arranger les voiles de Phèdre, de dresser face à face les amants déchaînés, est une joie perverse. L'homme de lettres résiste parfois à cette joie, dans les débuts, mais elle finit par tout emporter, comme une passion mal contenue.

Il ne faudrait pas croire que cette joie est pure méchanceté, bien sûr ; elle ne va pas, chez les meilleurs, sans un accent de pitié profonde, sans une tendresse. Et cette tendresse et cette pitié sont sans doute les seuls sentiments dont le poète se rende clairement compte. Le plaisir féroce qui est au fond de son talent, il l'ignore presque toujours : c'est la part mystérieuse et féconde du démon intérieur qu'il porte en lui. Aussi Virgile pouvait-il aimer Didon et la plaindre, comme il n'avait aimé ni plaint Plotia Himeria, plus touché, sans doute, comme bien des hommes, par la fiction que par la réalité, et pourtant jouir de cette pitié et de cette mélancolie avec une volupté indicible.

Une figure de femme réelle, malheureuse et enivrante, naissait de son livre. Elle avait aimé, déjà, puis avait cru ne rien devoir désormais à l'amour, s'était occupée, parce qu'elle était énergique et intelligente, à fonder un peuple. Elle affirmait volontiers ne rien connaître hormis son travail et ce que décidait sa volonté. Et voici qu'un homme arrive, auréolé de la gloire des héros romantiques, poursuivi par la haine des dieux, fatal et très beau ; cet homme a vu périr son pays, il a couru des dangers, il a gardé sa fierté, sa confiance grave. Elle l'aime. Un jour d'orage, lourd, haletant, et marqué par les dieux invisibles, elle cède, elle devient la maîtresse d'Énée. Elle rêve de l'associer à sa vie, de l'épouser. Et puis, voilà qu'elle apprend son départ. Jamais les plaintes, la fierté, l'humilité, le désespoir, ne s'exprimèrent de façon plus poignante, sauf chez Catulle, et sauf chez Racine. Mais Didon est peut- être plus émouvante qu'Ariane parce que pour Ariane tout est perdu : elle ne fait que remâcher sa douleur et les mots qu'elle aurait dû dire, devant la mer où fuit une barque. Didon est devant Énée, elle lutte, elle a des minutes d'espoir, elle le supplie. Virgile ne nous épargne rien des sursauts de la belle proie ; mais nous savons tous qu'elle est condamnée et qu'il ne fait que noyer le poisson avant de ferrer brusquement. Alors, elle crie, elle jette des imprécations prophétiques :

> « *Je ne te retiens plus ! Je n'ai rien à répondre !*
> « *Va ! Cherche l'Italie à la faveur des vents, gagne ton royaume à travers les flots !*
> « *Mais j'espère que si les justes dieux gardent quelque pouvoir,*
> « *Tu trouveras la mort au milieu des naufrages, et alors tu diras mon nom*
> « *Et tu appelleras Didon à ton secours. Absente, je te poursuivrai, armée de torches noires !*
> « *Et quand la mort glacée m'aura ravi le souffle,*
> « *Mon ombre sera là, partout, traître, et je me vengerai !*

Puis, elle se jette sur son lit, elle pleure, elle s'évanouit. Elle revient en arrière, fait de dernières tentatives, ne s'oppose plus à l'idée du départ, et demande seulement quelques jours pour s'accoutumer à la séparation, et pour se familiariser avec sa peine. Elle envoie sa sœur en messagère auprès du prince troyen qui refuse. Alors, elle appelle la mort. Un hibou solitaire, perché sur le toit de son palais, l'effraie la nuit de ses gémissements funèbres. Elle a fini de se plaindre en vain, de rappeler les anciens bienfaits, de prendre l'univers à témoin. Elle invoque seulement l'avenir, devant sa fenêtre ouverte sur la mer, où s'encadrent un rivage désert et une flotte fuyante, et elle se plaint, terrible, vieillie, avec ses cheveux blonds ternis et dépeignés qu'elle tourmente de ses pauvres mains. Et voici qu'à la place de ce désespoir amoureux, des nuages naissent invinciblement, qui le voilent à demi, où nous lisons de plus illustres catastrophes :

> « *Puisse-t-il de ma cendre, un jour, naître un vengeur*
> « *Qui poursuivra la race troyenne par l'épée et par la torche.*

« *Maintenant, désormais, en tout temps où se heurteront leurs forces,*
« *Que ces rives haïssent l'autre rive, et ces vagues l'autre flot,*
« *Et ces armes les autres armes, et que la guerre règne entre eux et leurs enfants !* »

Maintenant, c'est fini. Elle jette à la mort son peuple, livré aux barbares, les efforts de tant d'années, et elle-même. Mais il est difficile et long de mourir. Le sang coule de sa plaie mortelle et elle vit encore. Elle ouvre les yeux et ses regards errants cherchent si la lumière est encore la lumière du jour, et elle se plaint de la reconnaître et de n'être pas morte. Sa sœur pleure auprès de son corps, mais il n'y a que peu à attendre, peu à souffrir. Elle meurt.

Virgile ne put se résoudre à quitter ainsi une héroïne tant aimée. Il mit encore une fois face à face dans *La descente aux Enfers* l'ombre de Didon et un Enée maladroit, étonné de tant de passion, comme lui-même, Virgile, aurait pu l'être. Mais il laissa au silence Didon, et ne lui permit pas un mot.

Et ce poème était toujours une confession. Toujours, à chaque instant, derrière les tableaux les plus impersonnels et les plus artistes, se lisait l'âme de Virgile. Son intelligence, sa cruauté, dans les attitudes théâtrales de la passion ; sa culture, son sens de l'histoire, sa curiosité sans répit, son amour du passé, son respect de la force, dans les récits les plus froids et les plus habiles. Il joignait, par de délicates attaches, ce long roman gonflé de souvenirs, à toute son enfance et à sa vie. Ceux qui le connaissaient, devant cette Didon plus âgée qu'un incertain et grave amant, pouvaient rappeler Plotia ; comme devant les plaintes de cette mère, Virgile pouvait retrouver, encore aiguë, mais purifiée et douce au cœur, son émotion d'autrefois, devant les plaintes de sa mère à lui. A travers ces peintures pompeuses d'une aventure bien ordonnée, s'il décrivait soudain avec la pointe fine du graveur, une femme levée avant le jour, qui réveille son feu assoupi sous la cendre, et distribue de longues tâches à ses servantes lorsque la lampe fumeuse perce encore l'ombre de lueurs tristes, c'est qu'il se souvenait avoir aimé dans sa jeunesse ces petits tableaux d'un réalisme minutieux, qui nous font songer à la Flandre. Si, devant les ouvriers qui bâtissent Carthage ou devant les morts qui se pressent sur les bords du fleuve noir, une image se présentait à son esprit, quelle image pouvait-ce être ? Si ce n'est celle des abeilles de son enfance, volant autour des lis, et bourdonnant dans les molles prairies qu'alanguit l'été. Et cet accent d'adoration indicible pour parler de la jeune Camille, et de ses pas légers qui ne courbent pas les herbes hautes et sous lesquels la mer elle-même ne s'infléchirait pas, où l'avait-il appris, sinon dans ces vieux rêves oubliés où les jeunes filles venaient le visiter ?

Comme Octave revenait d'une expédition en Espagne, il demanda à Virgile de lui lire des fragments de *L'Enéide* comme autrefois il lui avait lu à Atella, les *Géorgiques*. Sa sœur, Octavie, — une femme étrange dont toute la vie avait été dominée par la dure personnalité de son frère, qui la considérait comme un simple enjeu politique, et lui avait fait épouser Antoine — assisterait à la lecture. C'était la mère du Marcellus qui venait de mourir. Virgile lut *La Fin de Troie*, *Le livre de Didon*, et *La descente aux Enfers*. Lorsque le poète, profondément ému, arriva aux vers illustres :

« *Tu seras Marcellus ; jetez des lis à pleines mains,*
« *Je répandrai de sombres fleurs...* »

Octavie s'évanouit.

Sagesses

Horace prenait de l'embonpoint et de l'âge. Il était plus jeune que Virgile (quarante-deux ans en 23) et sa maturité ressemblait à celle d'un bon vin. L'amitié que Mécène lui témoignait avait eu pour lui bien des inconvénients car il était devenu un intermédiaire complaisant dont on recherchait la protection : il avait de si belles relations ! Aussi avait-il été au comble de ses vœux, lorsque Mécène lui avait fait don d'une maison de campagne. Elle n'était qu'à onze ou douze lieues de Rome, non loin du petit bourg de Vicovaro, au pied du Corgnaleto. Le ruisseau du Licenza arrose la vallée. C'est là qu'Horace s'était mis à vivre le plus souvent possible, loin des bruits de Rome, et loin même de ses amis. Un jour Mécène lui offrit le poste de secrétaire particulier d'Octave, mais Horace refusa et le prince ne lui en voulut pas. D'ailleurs le poète avait trop joui de la vie et de pas mal de plaisirs pour n'en pas avoir rapporté quelques fatigues.

Mais il s'était créé une existence conforme à un certain ordre de sagesse. Il invitait parfois Mécène à venir boire d'un rude vin qui ne valait pas le falerne. Il avait quelques jolies esclaves dociles qui lui rappelaient l'âge où il était mieux fait pour aimer, et il faisait semblant de prendre leur complaisance pour du plaisir. Quelquefois, il quittait sa retraite pour venir à Rome, parler avec Mécène, retrouver Tibulle, ou bien il allait à Naples voir Virgile lorsque le médecin de la cour, Antonius Musa, lui conseillait les villes de la côte pour sa santé. Et il polissait soigneusement, comme un berger sculpte des figurines dans son bâton, de petits poèmes charmants et mélancoliques.

Tout un climat parfait naissait de ces odes qui étaient bien évidemment ce qu'il y avait de plus réussi dans ses vers. Il chantait la fleur qui se fane, le temps qui coule, la jeune fille aux rires enjoués, les carrefours où l'on effleure des mains à demi rebelles, les entretiens ironiques et gracieux. Il admirait, avec une malice délicieuse, que sa petite amie fût d'autant plus belle qu'elle violait plus de serments, et qu'elle se jouât, avec tant d'audacieuse tranquillité, des cendres de sa mère, des dieux immortels ou des astres silencieux. Il invitait un imaginaire Thaliarque à boire le vin scellé quatre ans dans l'amphore et Postumus à méditer sur la fuite des jours.

> *Le temps fuyant s'en va, ô Postumus, le temps*
> *S'en va...*

Il décrivait, en vers fragiles, le printemps qui s'éveille et les amants qui ont envie l'un de l'autre et jouent la comédie de l'indifférence. Il adressait à Tibulle des épitres dans le goût classique :

> « *Tibulle, impartial censeur de nos écrits...* »

comme eût pu le faire Boileau à Lamoignon, mais il y mettait une grâce et un sourire qui mêlaient toujours la parodie au sérieux. Et il conseillait une fois de plus au jeune poète mélancolique de cueillir les roses de la vie :

> « *Crois que le jour qui luit, luit comme un dernier jour.*
> « *Douce est l'heure qui vient quand on n'espérait plus...*

C'était un homme heureux : car de cette fuite des jours, certains, comme Virgile, faisaient la grande tristesse de la vie. Mais il avait, lui, peut-être plus de courage que Virgile.

Ce n'était pas un jouisseur seulement. Au contraire, à mesure qu'il avançait en âge, son sérieux, caché sous un sourire, apparaissait de plus en plus. La fierté de la poésie l'élevait à la dignité, et il louait le poète d'apprendre aux jeunes gens et aux jeunes filles de belles prières. Encore quelques années, et il les composerait, ces prières. Ceci commençait à dépasser même le goût de la technique qui était sa grande passion. Et si la sagesse d'Horace était parfaitement désenchantée, limitée à la vie présente, elle ne manquait pas de beauté. Car cet homme qui désirait cueillir le jour qui passe, et se composait un univers où le pain était frais, le vin sec et les femmes faciles, était en même temps un homme qui écartait sa vie de toutes les servitudes de la gloire et du monde. Ces minces biens qu'il chantait de façon charmante, étaient la parure et non l'essentiel. Horace n'aimait au fond que le calme, la solitude, et défendait mieux ces trésors que Virgile lui-même.

Lorsque c'est un vieux notaire de Carpentras qui se croit une parenté avec Horace parce qu'il caresse sa bonne et qu'il méprise les biens de ce monde, il n'a aucun héroïsme. Le refus des richesses d'Horace, son acharnement à défendre sa liberté, sont des choses qui existent. Pour tirer gloire de ses renoncements, il faut avoir de quoi renoncer.

De plus, Horace était têtu, avait la dent dure et l'admiration limitée. Ce garçon, dont on a voulu faire un vieux garçon, arrivait tout de même à un caractère et à une sagesse plus intéressante. Et il nous arrive, devant lui, de penser à Montaigne.

La sagesse à laquelle atteignait Virgile à si peu d'années de la cinquantaine, était tout autre. Il enviait son ami d'avoir conservé assez de jeunesse pour remercier les dieux — s'il y a des dieux (que sais-je ?) — de lui accorder chaque matin une journée inespérée de plus. Tout le monde l'admirait. On savait qu'il avait lu une partie de son poème à Octave et qu'Octave lui avait fait tenir d'importantes gratifications. Il en était assez fier, sans doute. Il était heureux aussi de l'impatience et de la jalousie bien cachée de certains hommes de lettres, heureux des vers que lui adressait son admirateur Properce (un jeune homme plein de talent et très intelligent, ce Properce),

Poètes de Rome, cédez ; cédez le pas, poètes grecs.
Il naît je ne sais quoi de plus grand que l'Iliade.

heureux du regard de ce jeune Ovide qu'on lui avait présenté. Il sentait son œuvre bien en main, solidement dominée, prête pour l'appareillage des siècles, vaisseau favorisé par *un grand aquilon*. Il faisait sien l'orgueil du bon ouvrier de son ami Horace et disait avec lui :

J'ai élevé un monument plus durable que n'est l'airain.

Mais il savait que tout cela n'était rien.

Aussi sa sagesse manquait-elle de sourire. Horace l'en plaisantait doucement lorsqu'il l'invitait à venir partager ses plaisirs simples.

« *La saison ajoute à la soif, Virgile* ».

et qu'il se moquait de ses belles relations et de sa parcimonie paysanne :

« *Va, laisse les retards et le souci du gain,*
« *Et souviens-toi des flammes noires. Autant que tu le peux,*
« *Sache parfois mêler une brève folie aux pensers sérieux :*
« *Déraisonner est doux, à l'occasion...* »

Mais Virgile ne savait pas déraisonner.

Il se rappelait le jour de ses vingt-cinq ans où il avait dit adieu à la poésie, et où il était parti pour Naples en quête de la sagesse :

« *Vers les ports du bonheur nous mettons à la voile...* »

Mais très vite la beauté du jour et sa jeunesse l'avaient rendu à la poésie. Il ne le regrettait pas. Seulement, le moment pour lui venait peut-être de réaliser les anciens vœux. Toujours la philosophie l'avait tenté, et avec elle, les énigmes qu'elle prétend résoudre. Maintenant, il savait bien que s'il donnait les soins les plus consciencieux à son Enéide, puisqu'elle devait servir quelque chose d'utile, il n'écrirait plus rien après elle. Il tenterait d'approfondir, au seuil même de la vieillesse les inquiétudes qui l'avaient pris autrefois, au temps où il pensait qu'on dirige sa vie suivant sa volonté et non suivant les secrets désirs de tout son être. Peut-être alors, la sagesse qui n'avait pas voulu de l'enfant, viendrait-elle au vieillard, sur les mêmes chemins de Naples.

Cette sagesse, il n'avait pas peur de la voir en contradiction, maintenant, avec toute sa vie. Il savait qu'elle ne viendrait que couronner un édifice, mettre un peu d'ordre, révéler les dernières choses cachées. Mais la descente aux enfers qu'il avait faite avec Enée, dans les pays hantés qu'il découvrait, voici près de vingt-cinq ans, aux abords de Naples, mais le long voyage qu'il avait accompli avec ces héros et ces héroïnes ployés sous un grave destin lui avait appris bien des choses.

> « *Ils allaient, indistincts, par la nuit déserte, à travers l'ombre,*
> « *A travers les vides maisons des morts et les vains royaumes,*
> « *Ainsi, sous la lune incertaine et sa lueur douteuse.* »

De ces paysages sombres, visités dans un rêve, il avait rapporté un mysticisme accru. Toute sa vie, certes, il avait pensé sans effroi, avec une sorte d'amitié, aux puissances obscures qui nous gouvernent. Mais dans sa jeunesse, influencé par la philosophie abstraite et surtout par Lucrèce, il avait été tenté de ne voir dans le monde qu'uns équation bien posée. Peu à peu, cette âme universelle à laquelle il avait aimé croire, à la suite de Pythagore et d'autres, avait cessé d'être pour lui une conception philosophique pour lui paraître la réalité même. Et grâce à cela, son amour pour les bêtes, pour les plantes, pour toute une nature proche de lui, devenait presque une obligation religieuse à laquelle il se soumettait avec joie. L'âme du monde, il la sentait vraiment gonfler le vent qui caresse doucement les feuilles, mouiller le regard humain du chien couché à ses genoux, animer ce parfum qu'apporte une fleur vivante, et il ne se sentait pas différent de l'oiseau qui rayait le ciel, lancé par une invisible fronde, de la clarté lunaire sur le toit plat, de l'étoile, du bruit des vagues. Seulement, des sombres royaumes, il avait rapporté une plus profonde et plus dure croyance. Dans les soirs où son inquiétude était plus grande, où les bruits, les lueurs, l'atteignaient intimement, lorsqu'un malaise le tenait éveillé la nuit et qu'il pensait à la mort, il se demandait si nos devoirs se bornent à être accordés avec ce monde. Il se disait que cette âme, pure et vive, était partout unie à un peu de matière et de boue, et que, emprisonnée dans un corps, elle était courbée vers la terre, souillée de ténèbres. Alors il songeait à de très vieilles doctrines, à ces mystères d'Eleusis auxquels Octave s'était fait initier, à l'orphisme. Il se rappelait des lois étranges : après la mort, l'âme doit se purifier de ses fautes, de ses souillures, et passe par les trois épreuves mystiques du vent, de l'eau et du feu. Etait-ce vrai ? Et pourquoi pas ? Et Virgile songeait, pressentant vaguement qu'il approchait d'une vérité immense, à cette expiation nécessaire.

Sur les livres chargés d'un savoir bizarre, il s'appesantissait. Il pensait que la loi du monde était dure, que tous seraient appelés et jugés, mais bien peu élus. Il était tenté de croire que les âmes purifiées — mais non pas encore dignes d'être élues — allaient après mille ans boire au fleuve d'oubli, afin de revenir sur la terre et d'être unies, suivant leurs désirs, à de nouveaux corps. Car il se doutait bien que cette fragile et dure vie était aimée par ces morts, et qu'ils n'avaient, dans leur âme vague, qu'un regret, celui de ne pas vivre. Et il se demandait d'où pouvait venir à ces malheureux le désir insensé de la lumière du jour.

Pour lui, ces paysages funèbres, entrevus dans ces voyages désolés, il les aimait d'avance, et se sentait terriblement attiré vers eux. Il ne serait pas allé à la mort, pourtant. Autour de lui, le goût de la mort faisait de nombreux adeptes : c'était un lien commun de la sagesse antique que de sortir de la vie ainsi que d'un banquet, lorsqu'on en avait assez. Mais Virgile ne pensait pas ainsi. Il condamnait à errer éternellement dans de vagues limbes, sans avoir droit au jugement et à l'oubli, ceux qui ont rompu avec leur vie. Peut-être pensait-il que cet épurement, le vent, l'eau, le feu mystiques, n'étaient pas seuls à l'accomplir. Peut- être pensait-il que nous devons le commencer nous-mêmes dès cette vie. Des lois obscures qu'il entrevoyait dans l'ombre, la plus nette peut-être pour lui était celle de nos destins : chacun de nous est né pour un grand destin, à lui de l'accomplir. Et ce destin peut fondre sur nous comme un aigle, à l'instant où nous ne nous y attendons pas, comme sa mission avait fondu sur Enée, et il faut nous tenir prêt à chaque instant, pour lui, et ne pas dormir. Virgile pensait qu'il avait eu le destin d'aider Octave à prendre plus clairement conscience de ses devoirs, à fonder la patrie romaine. Et son orgueil l'aurait toujours empêché de se dérober.

De qui venaient-ils ces destins ? De quelles puissances supérieures ? Virgile ne pouvait répondre. Il admettait toutes les croyances de son pays, car il était convaincu qu'elles ne faisaient qu'un avec son pays, et que le développement d'un peuple est d'abord le développement d'une religion. Mais il ne méprisait pas les autres croyances. Au contraire, on savait qu'il était curieux de religions, qu'il pouvait rendre des points à un prêtre, sur les théologies et les cérémonies les plus compliquées. Il n'ignorait rien des rituels les plus étranges ; il ne dédaignait même pas les sorcelleries de vieille femme. Devant chaque dieu, on eût dit qu'il se demandait : « Et si c'était le vrai Dieu ? » Alors, il ne se moquait pas et essayait de comprendre.

Il n'avait pas d'ailleurs d'inquiétude sur la conduite de sa vie, et agissait comme si un dogme le soutenait. Il savait bien que tant qu'il serait sur la terre, la sagesse et l'amour de son pays pouvaient lui tenir lieu de toute religion. Mais sa curiosité pour tous les rites et pour toutes les philosophies tentait d'approfondir les douteuses lueurs qu'il apercevait, au delà du monde.

C'est ainsi qu'il renouait avec les préoccupations de sa jeunesse. Il n'avait rien rejeté de ce qu'avaient déposé en lui ses ancêtres, le sol mantouan, sa mère. Une pitié profonde pour toute l'humanité adoucissait sa morale. C'était d'ailleurs une pitié virile, qui songe aux remèdes et non pas seulement aux maux. De là, naissait pour lui, de son œuvre, comme des amis nouveaux, de belles figures de captives, tournées vers la vie ou vers la mort, de beaux jeunes gens soucieux de gloire. Ce qui faisait la beauté de sa vie et de son œuvre, c'est qu'il n'y laissait jamais l'homme seul, et qu'il n'y était jamais lui-même seul. Il proposait au politique la monarchie traditionaliste, avec un long cortège de souvenirs, il proposait à l'inquiet, l'union avec le monde et la soumission à des lois qui soumettent tous les vivants, il proposait à chacun l'amour, l'amitié, le combat, la famille, même s'il ne connaissait pas exactement tous ces biens.

S'il aimait ces jeunes gens promis aux blessures, Pallas et Lausus, Nisus et Euryale, c'est qu'il pouvait en faire des couples harmonieux d'amis prêts à entrer dans la mort. La beauté de ce qui aurait pu être et n'a pas été, qu'il pleurait en Marcellus, il la retrouvait chez eux, par un retour vers sa jeunesse. Mais il y retrouvait aussi le meilleur bien de la terre, cette aptitude à l'amitié qui avait été la sienne. Qui avait été, seulement... Car il est un âge pour l'amitié. Il avait de l'affection, bien sûr, pour Horace, Plotius ou Varius. Mais ce n'était plus l'amitié qui l'avait uni à ces jeunes hommes et à d'autres, maintenant disparus, Quintilius, Gallus. Alors, il tâchait d'enclore ce dernier enseignement, un de ceux auquel il tenait le plus, dans les récits de ces amitiés dangereuses, exigeantes comme un amour et resserrées par le péril. Il revoyait ce qui faisait à jamais le charme des Ecoles de Naples : ces conversations fines ou brutales, les jeunes corps dans l'herbe douce, la fraîcheur du soir qui descend — et puis ces promenades, ces plaisirs partagés, les repas, les querelles. Après, la vie venait apporter l'ambition, ou l'amour, ou une carrière à faire, un mariage. Ce ne pouvait plus être la bouffée d'oranger dans les jardins endormis et le chant aigu de cet oiseau à l'extrême branche du tilleul, qu'on n'est pas seul à sentir et à entendre. Les rêves de gloire ne sont doux que si on n'est pas seul à les faire. A Brienne, Napoléon lui-même avait Bourrienne. Quand on est seul, ils prennent l'âpre apparence d'une vengeance sur le sort, d'une envie recuite. Le bonheur de rêver à la gloire, les jeunes gens de Virgile savaient qu'il ne faut pas être seul pour les goûter.

Et c'est ainsi que la sagesse de Virgile, mêlée de désespoirs et d'espérances, inquiète, merveilleusement humaine, peut-être prophétique, était très loin de celle d'Horace.

O mort, vieux capitaine…

Virgile se décida au voyage qui le tentait depuis plusieurs années. Il avait terminé une première rédaction de l'*Enéide*, complète, sauf quelques vers inachevés. Mais pour corriger les faiblesses, les parties mornes, les contradictions de détail, il comptait bien qu'il lui fallait encore deux ou trois ans. Il y avait onze ans qu'il travaillait à son œuvre. Maintenant, il voulait compléter par une vision directe les descriptions un peu sèches et vagues des voyages d'Enée. De même Chateaubriand partira pour la Grèce et la Palestine, prendre des notes à l'intention des *Martyrs*, et M. André Maurois se soumettra à cet usage en allant visiter les lieux qu'aima Byron et où il mourut. Le biographe romanesque qu'il y avait dans Virgile sentit le besoin, lui aussi, de compléter ce qu'il avait appris dans les livres par l'enseignement de la mer et du sol.

Il était plein de lassitude. Lorsque l'*Enéide* serait enfin terminée, il décidait maintenant d'abandonner la poésie. Il n'avait plus rien à dire. Les desseins fixés accomplis, on ne pouvait rien lui reprocher. Maintenant que son devoir était fait et qu'il avait chanté dans les fêtes guerrières, maintenant que son nom avait servi à la cause de la nation, qu'il avait consciencieusement joué le rôle nécessaire, il aspirait à plus de solitude et d'indépendance. Il revenait au rêve primitif de sa vie, qui était de s'occuper de lui-même, et d'atteindre la sagesse. Une tâche qui n'attendait pas l'avait limité au rôle de poète et d'homme national. Conscient que l'homme n'est rien sans ses morts et sans les cadres sociaux qui le soutiennent, il avait fait son devoir. Mais il voulait aujourd'hui d'autres musiques, plus personnelles, plus émouvantes, et qui ne regardaient que lui. On ne lui demanderait plus rien et lui ne demandait que le repos bien gagné ! Pareille aventure, un jour, advint à Maurice Barrès.

Mais Virgile allait plus loin dans son renoncement que Barrès et s'il atteignait au mystère en pleine lumière, il dédaignerait d'en faire part aux autres.

C'était en 19, la cinquante et unième année de Virgile. Octave était depuis trois ans en Orient. Il organisait les provinces, augmentait les domaines des rois vassaux, amorçait une politique de négociations avec l'Arménie. On envoyait à Rome un jeune prince arménien faire ses études, comme on envoie un fils de rajah à Cambridge. La puissance romaine s'annonçait immense. Les rois du Caucase et des plaines sibériennes adressaient des ambassades à Octave. Des caravanes partaient de l'Inde émue dans son sommeil védique et apportaient des présents sacrés.

Pendant cet éloignement du maître, Rome heureuse ne bougeait pas. Des lois prudentes tentaient les réformes nécessaires pour la protection de la famille, l'assistance aux faibles, la surveillance du fisc, la sûreté de l'armée. On commençait à prendre Auguste pour un dieu, et dans les carrefours, les bonnes femmes lui vouaient un culte ingénu. La religion impériale naissait un peu partout. Dans ses messages au Sénat, le prince pouvait se vanter d'avoir réussi.

Virgile contemplait toute cette splendeur romaine avec fierté. Il pouvait se répéter les vers orgueilleux du vieil Anchise :

« *Souviens-toi, Romain, que tu es fait pour dominer les nations...* »

puisque cette hégémonie se confondait aujourd'hui avec la réalité et avec la cause de la civilisation.

Pourtant, il ne parlait pas sans inquiétude. Avant d'embarquer pour cet Orient prestigieux qui élevait des temples à Octave, il appela ses amis, leur montra où il laissait son *Enéide* inachevée et leur demanda, au cas où il ne reviendrait pas, de brûler son manuscrit. Au cas où il ne reviendrait pas... Il ne résistait pas à cette inquiétude, car il était toujours sensible aux avertissements mystérieux, et croyait aux pressentiments, aux intersignes.

Il ne s'était pas trompé. Le voyage le fatigua. Il s'arrêta à Athènes où il retrouva Octave de retour d'Orient. A Mégare, une insolation très forte le mit à bas. Octave le persuada de renoncer à son voyage et de rentrer avec lui en Italie. Mais c'est un mourant que le vaisseau impérial débarqua à Brindes.

C'est dans la ville où, quelques années plus tôt, si proches, si lointaines, il avait fait un voyage heureux avec Horace, Varius et Mécène, que Virgile devait mourir. Autour de lui, ses amis Varius et Plotius, les souvenirs, toute sa vie passée, jetés comme des obstacles. Mais la mort viendrait bien quand même. Il pensait peu à lui. Il n'avait pas été méchant, avait eu un haut sentiment de son devoir, et des faiblesses très humaines. Il avait aimé à la folie le monde extérieur, les couleurs, les champs et la jeunesse, gardé jusqu'à la fin cette acuité dans la vue et dans la sensation qui le faisait sourire de plaisir devant les ombres roses que prenait l'ivoire ou les lys à côté de la pourpre, ou la mer étalée sous la lumière tremblante de la lune. Mais il sut toujours garder à ces enchantements une puissance qui ne fut pas néfaste. Il avait admiré la force, la voulant pitoyable et juste. Il avait été immensément tendre, sans presque jamais céder à l'utopie, prendre ses rêves pour le réel. Ce qu'il aurait pu se reprocher le plus était, sous cette tendresse, quelque dureté, et, comme tous les tendres, une cruauté certaine.

Ceux qui, autour de lui, veillaient, se rendaient-ils compte de ce que cet homme avait été ? Bien sûr, pour eux, c'était un grand poète, et le symbole de la patrie romaine, et un ami. Mais pouvaient-ils savoir que, jamais plus dans le cours des siècles, ne paraîtrait un esprit plus universel ? Auprès de l'universalité de Virgile, combien un Goethe paraît pâle ! Ce corps gisant avait connu dans leur plénitude la plus parfaite, les trois ordres pascaliens de la sensualité, de la raison et du mysticisme. Nulle des connaissances de son temps ne lui était restée étrangère. Tout ce dont l'avenir vivra, et que les petits hommes se partageront, il l'avait possédé en entier. Il n'avait rien retranché de sa luxuriante humanité. Il refusait une poésie pure pour la poésie totale. Si l'on trouvait dans son œuvre autant que dans telle autre, les vers mystérieux, poignants, inexplicables, on y trouvait aussi un édifice laborieux et vaste. Même pour ne parler que de sa technique, songez à un poète français qui unirait dans la même œuvre, sans trop de disparates, classicisme, romantisme, Parnasse et symbolisme ? Il avait parlé de la passion comme seul Catulle avait su en parler et comme Racine en parlera. Mais ce qui est tout Catulle et presque tout Racine n'est qu'une partie de Virgile. Il avait dressé en images un système politique dont le seul exposé eût donné la gloire à un autre. Toute la mystique de son temps est dépassée par son œuvre. Et la plus riche, la plus ardente des sensualités, jamais abandonnée, jamais reniée, fait monter autour de ses plus arides enseignements, une immense buée de poésie naturelle.

Au moment de mourir, pourtant, ce n'était pas lui qui le préoccupait, mais son œuvre. Ses derniers jours sont des jours d'homme de lettres. Peut-être, cette œuvre, au moment de mourir, lui apparaissait-elle tristement consacrée à une mort dont il ne savait rien jusqu'à ce jour. Au moment de mourir, était-ce sans doute la mort qui le frappait dans tout ce qu'il avait écrit, et constatait-il, effrayé, qu'il en avait parlé sans cesse, et sans cesse l'avait ignorée. Toutes les morts qu'il avait décrites, toutes ces âmes irritées et gémissantes, les corps sanglants percés de dures lames, les amoureux frappés d'un mal inconnu, les filles qui périssaient dans les flammes d'un bûcher ou dans les flammes d'une ville incendiée et rougeoyante, ceux qui n'avaient pour repos que la mer inapaisée, toutes ces morts, toutes ces morts, voilà qu'il les revoyait et les réalisait.

Il n'avait rien su, lui qui avait jalonné sa route de tant de belles morts imaginaires. Il faisait mourir, rapidement, sans souci, ne s'intéressant qu'aux survivants, ceux à qui il laissait l'humaine beauté des larmes, des regrets de la gloire ou de l'indifférence. Ah ! c'était maintenant qu'il lui fallait pendre la reine, blesser Priam, jeter Didon sur son bûcher et le pilote à la mer !

Surtout, il n'avait jamais tourné personne vers la mort. Tous ces héros, toutes ces héroïnes, un instant, un trop bref instant, se retournaient vers leur vie, la continuaient, la rabâchaient : cette amoureuse irritée cherchait en sa dernière seconde des moyens de se venger, ce jeune soldat mourait encore lancé vers la gloire et l'amitié. Pas un ne semblait s'apercevoir qu'il allait mourir, même ceux qui voulaient leur mort, lui préparaient un lent chemin et ornaient leur demeure et leur cœur pour la recevoir. Seule, une jeune fille, à qui l'amour d'un dieu avait donné une triste immortalité, paraissait s'en douter un instant lorsqu'elle gémissait vers cette mort, qu'elle ne pouvait atteindre. Mais ce n'était qu'un mot, un mot parmi tant d'autres. Ceux-là mêmes qui regrettaient de vivre avaient un bref regret, étouffé, cassé, comme si cela ne valait pas la peine de s'y arrêter. Et le poète disait que leur âme irritée s'envolait en hâte, qu'ils tombaient et cherchaient le ciel du regard, qu'ils regrettaient la lumière du jour. Qu'il s'agît d'un regret de la vie ou d'un désir de la mort, un vers, deux vers lui suffisaient au lieu de milliers de vers qu'aurait voulus la vraisemblable déclamation de la mort.

Il avait fait mourir presque tous ceux qu'il aimait, les amoureux, les jeunes gens, mais il ne savait pas où il les envoyait. Il ignorait tout de cette oppression, de ces membres tendus, de ce geste des mains, de cette sueur, du regard voilé, et des souvenirs, et de cette idée qu'il n'y a rien à faire, que tout est fini, et qu'on va mourir. Il ignorait tout aussi, lui qui croyait pourtant avoir aimé la Mort, de cette lumière de sérénité terrible et d'espoir — mais non, pas d'espoir, de calme, de calme, qui apparaissait par moments. De la douleur ou de la joie grave de la mort, il n'avait rien su, et s'était permis d'en parler.

Il pensait alors aux arides plaines de son poème, silencieuses presque et seulement martelées par les grandes manœuvres inutiles de ses vers. Il songeait à tant de faiblesses, de contradictions, d'essoufflement. Tous ces beaux espoirs, le plus grand dessein peut-être d'un homme, et pour finir cette chute, ce ratage lamentable. Et surtout, surtout, cette ignorance effrayante de la mort. Ah ! il pouvait bien demander trois ans encore, pour achever son poème, pour apprendre ce qu'il ne savait pas, et la sagesse par-dessus le marché. Mais la sagesse, et ce qu'il ne savait pas, il ne le connaîtrait pas sans mourir, et toute son œuvre demeurait inutile.

Virgile demanda à ses amis de lui apporter son manuscrit, qu'il brûlerait lui-même. Aucun d'eux n'osa donner au mourant le livre condamné. Il insista à plusieurs reprises, ranimé par une volonté têtue au moment de mourir. Mais comme ses efforts restaient vains et que la fin approchait, il renonça. Peu avant sa mort, il voulut dicter un testament. Il léguait la moitié de sa fortune, qui était considérable, à son demi-frère Valerius Proculus, un quart à Octave, un douzième à Mécène et le reste à Varius et Plotius. Quant à son livre, c'était bien de l'orgueil sans doute, que le vouloir parfait. Il pouvait peut-être servir, il pouvait en tout cas demeurer comme le souvenir d'un effort trop grand, d'une audace trop belle, auprès de ceux qu'il avait connus. Il le léguait à Varius et Plotius avec ses autres manuscrits. Il les chargeait également de l'édition de ses œuvres, mais y mettait pour condition de ne pas publier l'*Enéide*.

Il mourut le 21 septembre, comme l'automne arrivait.

On transporta le corps de Virgile à Naples, et il fut enterré au flanc du Pausilippe, près de la route de Pouzzoles, dans les paysages qu'il avait tant aimés. Sur sa tombe, on grava l'épitaphe qu'il avait lui-même composée :

> « *Mantoue m'a donné la vie ; la Calabre me l'a ôtée ; et maintenant,*
>
> « *Parthenope garde mon corps. J'ai chanté les pacages, les champs et les héros.* »

Quelque temps après, sur l'ordre d'Octave, Varius et Plotius publièrent une édition de l'*Enéide*. Ils firent les coupures nécessitées par l'existence de plusieurs manuscrits, mais ne se permirent pas d'ajouter, ni même de compléter un vers.

Janvier 1929-avril 1930.

« Note pour le lecteur bienveillant,

...L'on ne s'est pas permis de prêter à Virgile, ni une phrase, ni une pensée qui ne soient indiquées dans les mémoires de ses amis, dans ses lettres, dans ses poèmes ; mais on s'est efforcé d'ordonner ces éléments véritables de manière à produire l'impression de découverte progressive, de croissance naturelle qui semble le propre du roman. »

A ces lignes excellentes d'André Maurois, où l'on a remplacé seulement Shelley par Virgile, on ajoutera ceci : nous n'avons pas de mémoires des amis de Virgile, il ne nous reste qu'un fragment de lettre, et ses poèmes. Les « éléments véritables » à ce sujet sont des récits conservés par des grammairiens du IVème siècle, et qui excitent fort la méfiance des grammairiens du XXème. Si cette vie de Virgile avait été une étude d'érudit, on aurait tenté d'expliquer pourquoi on avait cru que ces grammairiens du IVème siècle, qui avaient leurs ridicules comme les grammairiens de notre siècle ont les leurs, ne devaient pas être tenus pour sots et méprisables au premier abord. On aurait dit que s'ils avaient enjolivé de bien des détails mystiques la naissance du poète, il ne semblait pas qu'ils se fussent beaucoup trompés sur son caractère et sur certains faits de sa vie. On aurait dit en particulier que s'ils déclaraient tous avec ensemble que Virgile était sensuel, nous n'avions aucune raison pour douter de leur véracité, et pour faire du poète comme tant de professeurs bien intentionnés le héros d'une sorte de patronage païen. On aurait déclaré enfin que c'était dans les poèmes de Virgile qu'on avait été chercher la connaissance la plus profonde de son caractère et de sa vie. Et cela, sans essayer de l'embellir.

Pas plus que ceux du IVème siècle, on n'a méprisé les grammairiens du XXème. Nous demandons seulement qu'on nous croie sur parole, si nous affirmons que le récit de tout événement de la vie du poète est fondé sinon sur un texte ancien, du moins sur une conjecture moderne. Dans un autre genre de travail, on aurait mis un « peut-être » ou un « M. Cartault affirme, mais sur l'autorité de M. Ribbeck, nous pouvons avancer que... » Ici nous demandons seulement la confiance, et affirmons que si nous avons fait aller Virgile à Naples, par exemple, avant la mort de César (alors qu'on avait cru Probus mal renseigné) c'est que les arguments de M. Tenney Frank nous ont paru excellents, et si nous l'avons fait quitter Naples au moment de la mort de César, c'est parce que les *Bucoliques* et l'*Enéide* prouvent qu'il assistait aux jeux funèbres. Et ainsi du reste. Les seuls « éléments véritables » que les livres ne nous aient pas fournis, sont le soleil, la mer, l'herbe des prairies. Nous avons osé conjecturer que toutes ces choses existaient du temps de Virgile.

Sur la façon dont on a « ordonné ces éléments véritables » une observation est peut-être nécessaire : on n'a pas voulu faire de roman historique. On n'a pas voulu y prononcer de mots qui ne fussent pas d'aujourd'hui, fussent-ils des mots aussi aisément compréhensibles que « toge » ou « consul ». On a voulu que le lecteur pût commencer ce livre comme s'il s'agissait de l'histoire d'un jeune Italien de 1930, et c'est pourquoi les premières pages ne contiennent ni dates, ni noms. Nous voulons confirmer ici qu'il s'agit bien de Virgile, et qu'il est né le 15 octobre de l'an 70 avant le Christ, il y aura deux mille ans le 15 octobre 1931, si l'on compte bien. Le dessein de faire lire cette vie, autant qu'il se peut, comme une vie moderne, est celui, on l'avoue, auquel on tient le plus. La couleur locale, ou plutôt la couleur temporelle, est une défroque dont se sont passés de plus grands que nous. L'homme change peu, et ses préoccupations, même littéraires, reparaissent semblables après quelques années. Et Virgile est un homme du temps *présent*.

On trouvera dans ce livre quelques mots sur les *Bucoliques*, les *Géorgiques* et l'*Enéide*. On a tâché de les considérer surtout sous l'aspect personnel. On a cru néanmoins devoir parler aussi de leur valeur artistique, car pourquoi séparer l'artiste de l'homme ? C'est un poète dont on raconte l'histoire et non pas un marchand mélancolique et patriote. On n'a pas essayé de dire des choses neuves, mais on a voulu présenter les qualités les plus connues de ces poèmes comme si elles étaient nouvelles. Ainsi on a dit, avec un petit air d'étonnement que nous voudrions bien jouer : « Eh quoi ! les *Bucoliques*... mais ce sont des pastorales ! Et l'*Enéide*, mais c'est un poème patriotique ! » Parce que, au temps des *Bucoliques*, la pastorale n'étant pour ainsi dire pas inventée, ce lieu commun était une chose bonne à dire. Pourtant, nous n'avons pas voulu écrire un livre d'histoire littéraire, ni de critique : ne serait-ce que parce qu'il y en a un d'excellent, qui a été écrit par André Bellessort.

R.B.

Table des matières

PREMIERE PARTIE : JEUNESSE DE VIRGILE 5
    Enfances 5
    Etude 10
    Guerre et Paix 17
    Le port du bonheur 28
DEUXIEME PARTIE : LITTÉRATURE 43
    La fin du domaine 43
    Débuts 56
    Jeux alternés 68
    Pastorales 75
    Le Voyage de l'amitié 82
    Les travaux et les jours 90
    Une pourpre s'apprête… 104
TROISIÈME PARTIE : APPAREILLAGES 109
    Mort d'un ami 109
    La terre et les morts 117
    Départs 125
    Sagesses 133
    O mort, vieux capitaine… 142
Note pour le lecteur bienveillant 149

Également disponibles aux Editions AOJB :

Atala, de Chateaubriand, illustré par G. Doré

Exégèse des lieux communs, de Léon Bloy

Histoire de France, de J. Bainville ill. par JOB

Napoléon, de J. Bainville par JOB

Petite Histoire de France, de J. Bainville ill. par JOB

La Chevalerie, de Léon Gautier (illustré)

Roland Furieux, de l'Arioste (600 gravures de Gustave Doré)

La chanson des vieux époux, de Pierre Loti, (illustrations de H. Somm)

La Psychologie des Foules, de G. Lebon

La grève des électeurs, de Octave Mirbeau

L'appel des armes, de Ernest Psichari

L'Ame russe, recueil de contes russes

L'ancien régime et la révolution, d'A. de Tocqueville

Le Capital, de Karl Marx résumé par G. Deville

Le Manifeste du Parti Communiste, de Marx et Engels

Réflexions Politiques, de Jacques Bainville

Le dernier jour d'un condamné, de Victor Hugo,

Les aventures du Baron de Münchhausen, illustrées par G.Doré

Les Poilus à travers les âges, de Henriot

Maximes, pensées et réflexions, de Napoléon Bonaparte

Murat, de G. Montorgueil (illustrations couleurs de JOB)

Les fleurs du mal, (350 illustrations d'E. Bernard) de C. Baudelaire

La France contre les robots, de Georges Bernanos

L'avenir de l'intelligence, de Charles Maurras,

Ma vie aventureuse, de Conan Doyle

Exploits et aventures du colonel Gérard, de Conan Doyle

.....www.editions-AOJB.fr